あなたの愛人の名前は

島本理生

集英社文庫

contents

本文デザイン／坂野公一＋島﨑肇則（welle design）

あなたの愛人の名前は

足跡

旦那さん以外に抱かれたいと思ったことはないの？　と訊《き》かれた。ない、と答えると、澤井《さわい》はすとんと角砂糖をカップに落として
「私が知ってる人妻は、皆、反対のことを言うよ」

ティースプーンを回しながら、こともなげに続けた。人妻、という言い方がなんだか彼女らしいと思った。

「なんでそんなことを訊くの？」

私は首を傾《かし》げてから、ココアを飲み込んだ。溶け残っていたのか、どろりとした感触が喉を過ぎていく。

澤井は明るい窓に視線を向けながら、となり町の坂の上にある治療院なんだ、と言った。

「治療院？」

「そう、名目は。紹介制だから、もし興味があればと思ったんだけど」

彼女はたっぷりとした黒髪を耳に掛けて、最後までするわけじゃないっていうしね、とさらっと告げた。

女子大のときからの友人だが、なにを考えているのかは未《いま》だに計り知れないところが

ある。

　澤井はいきなり半年休学したと思ったら、単身、インドへボランティアに行ったり、かと思えば怪しげな風俗雑誌でライターとして記事を書いていたこともあった。最近は新宿三丁目のトルコ料理屋でウェイトレスをしながら、やっぱり時々、ぶらっと海外へ行ってしまう。

　私が、そういう人もいるのかもしれないけどね、と受け流すと、彼女はさっと手帳を取り出して、なにかを引き抜いた。

「これ、そこの治療院の連絡先と紹介状。結婚してるのが条件だから、独身の私は行ってみることができないんだよね」

　目が乾き始めて、まばたきしかけたけれど、上手《うま》くできなかった。

　押し付けられたような形で、私は二通の紙を受け取った。


　里芋と豚肉のカレーに隠し味のオイスターソースを入れたところで、夫が帰ってきた。

「すごい、いい匂い。外まで香ってたよ」

　振り返ると、夫はもうスーツのジャケットを脱いでいた。私は冷蔵庫を開けながら、おつかれさま、と言った。

　食卓で向かい合うと、夫は旺盛《おうせい》な食欲でアボカドとトマトのサラダとカレーをすぐにたいらげ、おかわりまでした。

夫は他愛《たわい》ない会話を好む人だ。

クイズ番組を見ながら
「最後の将軍って、徳川慶喜《とくがわよしのぶ》で間違いないよね？」

と確認したり、このアボカドは硬くて美味《うま》いね、などと言ったりする。

夫との食事は楽しい。私はそこまで話し上手でもないのに沈黙をもてあまさないし、アボカドや香草や豆乳なんかの一癖ある食材も嫌がらないので料理のしがいがある。

「そういえば、澤井さんは元気だった？」

という質問をされたときだけ、手が止まった。

「うん。あいかわらずだった」

「なにかあったの？」

私がびっくりして顔を上げると、眼鏡越しの丸い目が、きょとんとこちらを見ていた。

「べつに、なにも」

「そっか。君が、あいかわらずって言うときは、たいてい、なにか大きく変わりがあったりすることが多いから」

私は苦笑して、そんなことないよ、と首を振ってから、話題を変えた。

「そういえばB号棟のかなちゃんって覚えてる？　昼間、実家の母親から電話がかかってきて知ったんだけど、もうじき三人目の子が生まれるんだって」

夫はコップに水を汲《く》みながら、あの子って今いくつだったっけ、とびっくりしたように訊き返した。

「私の三つ下。でも、かなちゃんだったら分かるかも。結婚もすごく早かったし」

彼は腑《ふ》に落ちたように頷《うなず》いた。

「あの子、昔から子供好きだったもんね。団地の小さい子たちともよく遊んであげてたし」

こちらから振った話題のくせに、私はにわかに返事に窮して、黙った。

夫とは同じ団地のおとなり同士だった。たまに廊下で擦れ違う三歳年上の夫は黒い詰め襟の制服を着て、優しい物腰がお兄さんらしく、素敵に見えた。

デートを重ねるようになったのは、私が女子大を卒業してからだ。

素敵なお兄さんは、いつしか打ち解けた恋人になり、結婚して三年経《た》った今はむしろ気の合う親友のようだった。

入浴を終えて、寝室の明かりを消すと、夫は小さな豆電球を見つめながら、また楽しそうに喋《しゃべ》りかけてきた。

私も近所の犬が尻尾を追ってくるくる回っていたことや、洗面所の白いタオルに赤い糸で刺繍《ししゅう》したことなんかを報告した。

ゆっくりと、沈み込むような吐息が聞こえて、言葉が途切れた。眠っている夫の横顔をちらっと見てから、澤井の話を思い出す。昼間もらった紙は封筒に入れ直して、鏡台の引き出しの奥深くにしまっていた。

結婚して引っ越してから、となりの駅で降りたことがなかったのは単純な理由で、自宅の最寄り駅のほうが栄えているからだ。

となりの駅前は、がらんとした道路が交差していて、コンビニエンスストアと花屋とスーパーマーケットが一軒ずつあるだけだった。

日差しの柔らかな道を歩いていると、小学校が見えてきた。子供たちの騒ぐ声が響いている。

そのすぐ先には、林とも森ともつかない緑地帯が広がっていた。石段のまわりにぺんぺん草が生えている。

自分の尻尾を追う犬のように、私は何度もくるくるとその場を回って迷ってから、意を決して、石段を上がった。

木陰の小道はよく見ると、それなりに手入れがされていた。軽くめまいがする。

石段を上がり切ると、道沿いに森が広がっていた。その間の空地を埋めるように家が何軒か建っていた。その中のコンクリート造りの一軒に、真白《ましろ》治療院、という看板が出ていた。

石のポーチを歩き、私はふるえる指でインターホンを押した。

ほんの二、三秒の間があってから、どうぞ、という返事があった。落ち着いて、さらっとした声だった。

ドアを開けると、玄関から居間までは一続きになっていた。

革張りのソファーセットに、グレーのラグ。壁に掛けられた額縁の絵は、ゴッホの『夜のカフェテラス』のレプリカ。清潔感のある無個性なインテリアにちょっとほっとした。

下駄箱に靴をしまっていいものか迷っていたとき、奥から男の人が出てきた。

「はじめまして。ご予約いただいた、石田《いしだ》千尋《ちひろ》さんですね。真白健二《けんじ》といいます」

白い診察服に身を包んだ彼は頭を下げた。

品がないとは思ったけど、頭からつま先までついじっくり見てから、はじめまして、と私は会釈した。

肩幅は狭く、そんなに背も高くはなかった。唇は薄く、淡白な顔立ち。街に出たら、風景のように溶けて、印象すらもあっという間に消えてしまうだろう。

彼は革張りのソファーを勧めると、テーブルを挟んで向かい側に腰掛けた。

「答えづらいことは、けっこうですから。最初にお持ちいただいた紹介状を見せていただいても、大丈夫ですか？」

私は頷いて、コートを脱いで座ってから、封筒ごと手渡した。

彼はさっと目を通すと、すぐにそれを折りたたんで、こちらに返した。それを受け取りながら、指の長い人だ、と気付いた。

「ありがとうございます。澤井さんからのご紹介ですね。詳しい話は、彼女のほうから、もう？」

「あの、ほんの、少しだけ。でも具体的には」

彼は軽く頷くと、穏やかな笑みを浮かべた。

「基本的には、澤井さんからお伝えいただいたとおりだと思います。今から、こちらの問診票に記入していただくので、具体的な希望があれば、なんでも書いてください。また行為の最中に、不快を感じたり、少しでも嫌なことがあれば、おっしゃってくださいね」

行為、という言葉に思わず心音が跳ねあがった。

はい、と私は平静を装って相槌《あいづち》を打ったものの、すぐに思い直して
「すみません、私、夫以外の男性に触れた経験もほとんど」

彼はほほ笑み、はしなかった。笑顔よりもずっと清潔に感じられる真顔をつくって
「分かりました」

とだけ答えた。

書き終えた問診票を手渡すと
「では、あちらの個室にお願いします。カゴの中にガウンが入っていますので、それを羽織ってください。支度ができたら、中のベルを鳴らして、知らせてください」

私は背を向けて、言われるままに、廊下の奥の白いドアへと向かった。

中に入ると、薄暗い間接照明の下、ソファーと白いベッドが一台ずつ置かれていた。窓はなかった。加湿器がかすかな音をたてて蒸気を吐き、ふっと嗅ぐと、ほのかなオレンジの香りがした。一見アロマテラピーのお店と変わらないな、と思う。

足元に置かれたカゴを見下ろし、いよいよ緊張しながら、シャツのボタンを外した。黒いスカートが足元に滑り落ちた。

誰かから体を隠すように、素早くガウンを羽織る。タオル地のガウンは軽薄なピンク色などではなく、上品な菫《すみれいろ》色で、とても肌触りが良かった。

金色のベルは、細く、高く鳴った。

ソファーに腰掛けて待っていると、ドアが静かに開いた。

彼は白い診察服姿のままそっと、となりに腰掛けた。

私が目を伏せると、濃い影が近付いてきた。膝の上に置いた私の手の上に、彼の右手がそっと重なる。会話もなく始まるのかと戸惑ったものの、体温は高くも低くもなくて、しっとり寄り添った。緊張につま先まで痺《しび》れていく。

ガウンが開かれていくと、突然、不安になって、体をそらせた。てっきり中断するだろうと思ったら、強い腕がふいによじった左肩を押さえた。

はっとして顔を上げると、薄い唇が、私の火照った頬にふっと触れた。花びらが落ちてきたような感触だった。まぶた、頬、首筋、となぞるように触れていく。初めて嗅ぐ淡い体臭が、夫と全然違うことに子供のような驚きを覚えてしまった。

私は体を強張《こわば》らせたまま、されるがままになって目を閉じた。

シャワーを浴びて、化粧を直し終えると、居間のテーブルには湯気の立つ紅茶とマドレーヌが用意されていた。

彼はなにごともなかったように、どうぞ、と紅茶を勧めた。お礼を言って、革張りのソファーに腰を下ろす。

「落ち着くまで、ゆっくりしていってください」

と告げられて、短く頷いた。

彼は向かい側でチノパンに包まれた膝を揃《そろ》えて、カルテになにかを書き込んでいる。

「あの、次の予約の方は」

「昼間と夜の二部制で、それぞれ一人だけです。お会いになりたいですか?」

「え？」

「次の方と」

私は苦笑して、いえ、と首を横に振った。

「こちらはいつから……」

「四年ほど前、からです。良かったら、お話ししましょうか」

頷いてから、また来たい、と言っているようなものだと気付き、恥ずかしくなった。

彼は目を細めて笑うと、カルテを置いた。

「もう十年以上前になるかな。専門学校に通う傍ら、僕は高級ホテルのバーでホールスタッフをしていたんです。外国人のお客様も多く訪れる、華やかなバーでした」

高級ホテルのバー、と聞いて内心ほっとした。もっと得体の知れない人かと思っていた。かと言って、前職がごく普通の会社員だったら、あまりに脈絡がなくて、それもなんだか怖い。

「そこに来ていたお客さんで、すごい女性がいました。年齢こそもう六十代でしたけど、ちっともそう見えませんでしたよ。見事なラインの黒いドレスに、プラダの個性的なハイヒールを足の一部のように履き慣らしていて、肌はいつも光り輝いていたし、瞳は生き生きとして、好奇心の強い少女のようでした。彼女が来ると、いつもスタッフがお愛想だけではなく、本当に元気になったものです。メニューなんて開いたことがなくて、ただ自分の飲みたいものを、その日の気分だけで注文するんですよ。ごく自然に」

「そうとう、お金持ちの方ですね」

と私は率直な感想を口にした。それから、マドレーヌをつまんで、素早く口に入れた。

「そうですね。ご実家がずいぶん裕福だったようです。見方によってはいくらでも下品に映りそうなものなのに、天性の育ちの良さが、その道楽や奔放を憎めない無邪気さに変えていたんでしょうね」

ぷうん、と耳元で音が鳴った。顔を上げると、高い天井の照明のまわりを小さな羽虫が飛びまわっていた。

「その彼女が、ある夜、ひどく酔っぱらって店に来たことがあって。かなりお酒に強い人だったので、そんなふうに乱れた姿を見せたことは一度もなかったし、なにせ特別なお客様でしたから、僕らも心配して、帰るときに数人がかりでタクシーまで送ることにしました。そのとき、ちょうど手が空いていた僕も呼ばれて。店の入り口で、彼女の手を取ったとき、突然、はっとしたように見られたんです。僕は内心なにか粗相をしたのかと、ひどく緊張しました。後日、彼女が店にやって来たとき、真っ先に僕のことを呼んだので、これはまずい、と思いながら、席へと向かいました。

僕が行くと、彼女はまっすぐに目を見つめて、私の愛人にならないか、と小声で切り出しました」

「ずいぶん、唐突な話ですね」

と私は呟《つぶや》いた。いつの間にか、遠い国に流れ着いたような気がした。

「正直、圧倒されましたよ。それでも彼女の堂々とした後ろ暗さのない態度には、不思議な魅力を感じて。なにより条件が良かった。僕は、半ば催眠術にかかったように、その提案を受けました。もちろんお店には内緒で」

魅力、という単語が、かすかに胸を刺した。二時間分のかかわりが淡い執着を生んだな、と気付く。

「その関係は三年間、続きました。ずいぶん後になって、どうして僕だったのかと尋ねたら、手が触れた瞬間に分かったと。これまで色んな恋愛をしてきて、女性を扱う才能のある男は、ほんの数秒、手を重ねただけで分かると。それから、もうじき旦那さんが仕事をもう引退するので海外に移住することを告げられました。彼女はとても真面目な顔をして、あなたは女性を抱くことを仕事にしなさい、と言いました。場所や資金や人脈は自分が提供する。これまではあなたを独占していたけれど、それができなくなった以上、その資質を役立てるべきだと思ったと。そのときには、彼女の性格を多少なりとも把握していたので、そのとんでもない提案が本気だということも分かりました。そして、今、僕はここにいます」

真白さんが黙ると、私はすーと息を吐いた。

「色々不安を感じる方も多いので、お話しするようにしているんです」

と彼は付け加えた。

「じゃあ、外に出ていた治療院の看板は？」

私が尋ねると、彼はちょっと不意を突かれたような顔をした。

「あれは、僕が専門学校に通って取った資格です。二年前に一度だけ帰国した彼女の腰の治療をしたときには、残念だけどこちらはあんまり才能を感じないわね、と言われました」

私が笑うと、彼はほほ笑んでから、さりげなく銀色のトレーをテーブルに載せた。

はっと現実に引き戻されて、私はハンドバッグから財布を取り出した。

彼はあえてそうしているように、きっちりとお札を揃えてしまうと、真白治療院、と判が押された領収書を切って、どうぞ、と私に手渡した。

ダイニングテーブルに頰杖《ほおづえ》をついてボールペンを握ったまま、いつの間にか、うとうとしていた。

目を開けると、手元の家計簿の文字が波打っていた。

トイレの扉越しに、水の流れる音がして、夫が出てきた。

彼は冷蔵庫を開けて、腹減ったかも、と言った。グレーのパーカーにジーンズなんて学生の頃みたいな格好をして、後ろ髪には寝癖がついている。

「なにか作ろうか？」

「いや、せっかくの土曜日だから、外に出ようか」

私は、うん、と頷いて、家計簿を閉じた。

裸の木立を仰ぎ見ながら、夫と歩いた。夫は枝にとまった小鳥を見つめて、なんて名前だっけな、と存外、真剣に考えている。

私は後ろ手に組んで、ぼんやりしていた。真白さんとの出来事はほんの三日前だったけど、自分でも意外なほど目の前の現実とは切り離されていた。

駅前に新しく出来た洋食屋で、夫はハンバーグと海老《えび》フライのランチを頼んだ。私はナポリタンにした。幼い頃、近所の喫茶店で父がよく注文していたことを思い出しながら。

くるくるとフォークに絡めて口に運ぶと、昔よりもだいぶ上等な味がした。ケチャップはほんのり甘くて、ベーコンも玉ねぎもピーマンもたっぷり入っている。

「ハンバーグ、ちょっといる？」

夫が切り出したので、私は訊き返した。

「もしかしてナポリタン、うらやましくなったの？」

「当たり」

と彼はすぐに認めて、ハンバーグも海老フライも切り分けてくれた。

胃が膨れてきた頃に、近くの席に座っていた中年の女性たちがどっと笑い声をあげた。はしたないと思いつつも耳をそばだてると、結婚間近の娘の話題で盛り上がっているようだった。

「そうなの、うちの子、私に似ちゃって、おかめでしょう。ドレスが似合わないったらないの。だから和装にしなさいって言ったんだけど。文金高島田《ぶんきんたかしまだ》がダサいからやーだ、なんて言って」

「えー。私の頃だって、文金高島田は嫌だったわよ。むこうのお義母《かあ》さんが勧めるから、嫌々かぶったけど。あれ、どんなに美人でもさあ、絶対におかめになるわよねえ。この前、結婚式あげた女優の子だって」

私はナプキンで口を拭いながら、彼女たちの一人がこっそり真白さんのもとへ通うところを想像してみた。

恥じらいも色気もとうの昔に置き去りにしてきたように見せかけて、その日だけは、こっそりワンピースを着て、紅を塗って、ひっそりと石段を上がる後ろ姿を。

顔を上げると、夫が不思議そうに笑った。

私も彼女たちのように歳《とし》を取っていくのだろう。それが幸福か、不幸か、ということは問題じゃなく。

「食後にバニラアイスが付いてくるって」
夫の言葉に、私は目を伏せて、良いサービスだね、と答えた。

二度目の予約をするまではぐずぐずと一カ月かかった。一度目は、まさか、という気持ちがあったから良かった。二度目は言い訳できない。

そんな往生際の悪い心にくらべて、体はなんの苦もなく、受け入れた。

反射的に、嫌、と発したときの取り合わなさ。本気で、嫌、と言ったときの、引きの早さ。本気で嫌だったはずのことも、そうじゃなくなる。そこまで見抜かれている気がした。

真白さんはなにを尋ねるわけでもなくこちらの期待を見抜くから、静かで熱い時間だけが流れていく。大人のおもちゃ、という曖昧な用語で包まれた即物的な器械だけが、ささやくような音を立てている。

罪悪感が芽生えないのは、本当に抱かれるわけではないからだろうか。行為の内容はきっと男性が足しげく通うような店とそこまで違いはないのだろう。ただ、女には即物的ではない余白がいくつも必要で、触れる間際やわずかな沈黙の中に、真白さんはそれを作る。枕に顔を埋《うず》めると、背中に痛いほど、見られている気配を感じる。

彼自身は上半身すらさらすことはなかった。私も彼だけがずっと着衣のままでいることに違和感はなかった。むしろ素肌で体温を感じあうのは近すぎる、と思った。白い診察服越しが、距離としてはちょうどいい。

シャワーを浴びて、ソファーに腰掛けてカップを手にしたら、冒険ではなかったですか？　と彼が尋ねた。

私は、そうですね、と答えた。

「もしかしたら、なにも知らないからこそ、覗《のぞ》いてみたくなったのかもしれないです。私の知らない私を」

「そうですか」

お茶を飲もうとすると、カップの縁まで熱かった。こわごわ飲み込むと、渋みが強く舌に残り、この人の淹《い》れるお茶はあまり美味《おい》しくない、と気付く。

女性を扱うことと、上手にお茶を淹れることは、少し近いように感じられるけれど実際は無関係なのだな、と思った。

また、ゆっくり話でもするのかと思った直後に
「じゃあ、お会計をお願いします」

初回とは異なる温度で言われ、私ははっとした。

気まずさをごまかすようにバッグから財布を取り出し、お札を渡した。

彼はおつりと領収書を差し出すと、ありがとうございました、と素早く頭を下げた。

私は憮然《ぶぜん》として外へと出た。

雑木林の中から、青空を見上げた。泣きたかった。悔しくて、惨めな気持ちだった。

私はまたここに来てしまうのだろうか。損なった気持ちを取り返すために。

そう考えたら、この世の多くの女性がどうして分かっていて深いところに落ちていってしまうのか、初めて理解した気がした。


澤井が入院した。

インドに滞在中に高熱が出て、帰国後、すぐに市の総合病院に運ばれた。

私はお見舞いの花を持って、北風の抜ける駅前で病院行きのバスを待った。

病室に入っていくと、澤井はベッドに横になっていた。想像していたよりもやつれてはいなかった。スウェットの肩がちょっと余っているくらいだった。

彼女は体を起こすと、短くなった髪を掻《か》き上げて笑ってみせた。

「澤井、大丈夫？」

「全然、元気」

と言い切ってベッドから下りようとしたので、私は片手で制して、花を差し出した。

「ありがと。大したことないのに、わざわざごめんね」

「ううん。近いうちには退院できるの？」

「あらかた検査は終わって、その結果がなんともなかったら。まあ、派手にお腹《なか》壊しただけだから、たぶん水か食事でしょう」

彼女はそう言うと、サイドテーブルに花束を置いて、こちらを見上げた。

もしかしたら真白さんのことを訊かれるかもしれないという考えがよぎり、軽く身構えたら

「今日は旦那は？」

と言われたので、よけいに後ろめたくなった。

「友達と、釣りに行ってる」

「ふうん。海釣り？」

「うん。鰺《あじ》なんかが釣れると、たたきにできて、いいんだけど」

彼女は、いいね、と笑った。今度、日本酒でも持って遊びに行くよ。

「私、恋したんだ。それで、本当は一週間だけ滞在する予定だったんだけど、延長して、彼の家で何度もごちそうになって。そのときの食事で、なにか合わないものがあったんだろうね」

私が目を見開くと、彼女はいたずらっ子のように笑った。

「どんな人？」

「現地の小学校で教えてるの。最初は、現地の人の顔ってあんまり区別つかなかったん

だけど、彼一人が銀縁の眼鏡を掛けてたせいか、ちょっと知的で素敵に見えまして」

最後の唐突な敬語は照れ隠しかな、と思った。

「インドって、やっぱりカレーが主食なの？」

「カレーっていうか、カレー粉？　あと、色んな香辛料も。空港に着いた瞬間から匂いがぷんぷんだよ。今まで日本って無味乾燥でつまんないと思ってたけど、帰ってきて一人になったら、ちょっとほっとした。空気の薄さとか、あまり関心を持たないで放っておいてくれる距離感とかに」

日本から出たことがない私は、そうなんだ、とだけ答えた。

「当分、日本にいるの？」

「うーん。体調次第かな。また会いには行きたいけど。現実的には、なかなか難しいよね」

その冷静な台詞《せりふ》に驚いた私は、思わず訊いた。

「忘れられる、もの？」

澤井は不思議そうに、え、と笑いながら訊き返した。

「その、インドにいる相手のこと。会わなければ、あっさり忘れられる？」

「どうしたの？　同じ団地の幼なじみと結婚したような人が」

「それ、どういう意味？」

私の表情が強張っていたのだろう。澤井はすぐに首を振って

「悪い意味じゃなくて、ちゃんと地に足の着いてる千尋がそんなこと訊くんだなって思って。だってインド人だよ？　本当にカレーばっかり食べてるんだよ」

「私たちだって、ご飯と味噌汁《みそしる》ばかり食べるじゃない」

「でもカレー味の味噌汁を毎日飲むわけじゃないし」

「カレーはどうでもいいとして」

「どうでも良くないよ。カレー味の味噌汁を毎日飲むんだよ。彼と本気で付き合うっていうのは、そういうことだし。第一、うちの親ももう歳だし」

彼女の口からいきなり親という単語が飛び出したことに、面食らった。

「今回、病院に駆けつけてきた親の顔を見たら、さすがに罪悪感が湧いて。それに私、昔から子供が欲しかったから。できれば三十歳までに産みたいし。それを思うと、そろそろちゃんと考えないとなって」

私は眉をひそめて、じっと澤井の話を聞いていた。

どうしてそんなことを言うの、と責めたい気持ちがふいに湧きあがってきた。

昔から澤井の奔放さに憧れていた、わけではない。むしろ自分とは対極にある子だと思っていたからこそ、適度な距離感で付き合ってこられたとも言える。

真白さんのことで初めて共有できるものができた気がしたのに、梯子《はしご》を外された気分

になりかけて、気付いた。

私たちの通った女子大は良家のお嬢さんが多いことで知られていた。澤井もその中の一人だったのだ。

だからどんなに好き勝手をしても、本当に危ないところには落ちない。彼女が参加している数々のボランティア活動だって、よく考えてみれば、いかにもお金持ちのお嬢さんらしい趣味だ。

私はサイドテーブルにあった本に手を伸ばした。

懐かしい。女子大の頃、英文科の女の子たちの間で流行《はや》った『停電の夜に』だ。もっとも当時の私にはあまりピンとこなかった。

そっとページを捲《めく》る。今なら表題作の、関係を修復できない夫婦の物語を理解することもできるだろうか。

ねえ、と澤井が気付いたように言った。

「千尋は子供が欲しいとか考えたことないの？」

私は本を閉じると、即座に答えた。

「昔から、子供、嫌いだったから」

一息つきたくなって、ロビーの椅子に座って紙コップのお茶を飲んでいたら、くしゃみが止まらなくなった。

いぶかしんでいると、となりにいた若い女性がはっとしたように、胸に抱いた赤ん坊に手を添えて立ち上がった。抱っこ紐《ひも》から出た小さな手を見て、嫌がられたのだと気付く。わずかに淀《よど》んだ気持ちが胸を覆いかけたとき

「猫アレルギーですか？」

と訊かれた。

「え？」

「猫、飼ってるんです。コロコロとか使って気を付けてはいるんですけど、毛がどうしてもついちゃうから」

彼女は片手でコロコロを服の上に滑らせる動作をした。赤ん坊がその動きに合わせて上下する。靴下に覆われたつま先は安心しきったようにだらりとしている。

「いえ、違います」

彼女はほっとしたように、そうですか、とまた椅子に腰を下ろした。

「私の実家でも、昔、飼ってましたから」

と伝えると、彼女は、そうなんですか、と嬉《うれ》しそうに返した。その瞳には猫と子供に対する愛情が同居していた。ショートカットの黒髪や丸みのある頬がまだ若々しい。私よりもずっとまっとうな人。

旦那さん以外に抱かれたいと思ったことはないの？

澤井の質問を、私は今この瞬間、彼女にしてみたかった。

ふいに目が合う。にこっとほほ笑まれて、反射的に笑い返してしまう。

「赤ちゃん、可愛《かわい》いですね」

とあたりさわりのない話題を振ると、照れたような笑みが返ってきた。

「私に似ちゃったんで、だいぶ顔がまん丸なんですけどね」

「そんなこと。すごく可愛らしいですよ」

彼女の謙遜《けんそん》するような笑みが、なぜか一瞬、消えた。なにかよけいなことを言ったかと不安になっていたら、彼女はゆっくりと赤ん坊の顔を覗き込んで
「そう、なんですよね。生まれてみたら、びっくりするほど可愛くて。自分がどうとかって関係ないんだなって思ったんですよね」

彼女はひとりごとのようにそう言った。どうしてそんな反応をされたのかは分からなかった。

私が会釈をして先に席を立つと、お大事にしてください、と彼女から声をかけられた。

日の当たる玄関口を出ながら、いっそ光の中に消えてしまいたい、と一瞬だけ思った。

足の親指が生温かい暗闇に包み込まれていく。

人の口の中ってこんな感触なんだ、と内心びっくりする。

足元から上がってきた真白さんの影が、重なる。表情を見守られながら、中に指が入り込んでくる。ゆっくり、ゆっくり力を抜いて、自ら落ちていく。

ふっと薄暗い天井を見つめて
「本当に、子供はいらないんです」

と私は呟いた。

彼はそっと手を止めて、ん、と訊き返した。

「既婚で子供を持たないことには、お金とか、身体的な問題とか、理由が必要で。単に子供を欲しいと思っていないというだけで、なにか人間として欠けているように受け止められることが、時々、苦しいんです」

「僕自身、子供はもちろん妻もいないので、そういう女性がいると、ちょっと安心します」

私は息を吐き出すついでに小さく笑った。きっと子供がいる女性にはまったくべつの言葉をかけるのだろうけど、たとえ本心なんてどこにもなくても、表面的な気遣いに救われることはある。

そっと自分の胸元に視線を落とす。大きく縫い合わせた真っ白な傷跡。引き裂かれた皮膚を無理やり引っ張り合わせたようにひきつったまま残っている。

「気になりますか？」

　と真白さんが訊いた。きっと私が訊いてほしいという顔をしていたのだろう。こういう勘がいいから、この仕事ができるのだ。

「傷跡自体はそこまで。ただ、私の心臓の病気が分かったときに祖母がとても悲しそうに謝ってたことが、今も印象深くて」

　心臓病といっても手術すれば確実に治るものだった。ただ、祖母も昔同じ病気の手術を受けていたのだ。

　母が折に触れて、私の入院の話をしみじみとまわりにしていたものだから、夫もだいぶ早い時期からそのことを知っていた。付き合い始めるときに一から説明しなくてもぜんぶ知ってくれていて安心したことを覚えている。

「もしかしたら、あなたは怖いんじゃないですか？　自分だけの傷を子供にも作ってしまうことが」

　私はその問いには答えなかった。代わりに言った。

「夫はまったく手術跡なんて気にしていないし、優しくて、いいひとなんです。それなのに、どうして自分がここに来たのかも、正直、分からないんです。ただ、今まで生きてきて、なにかがずっと足りない気がしてた」

　こんな仕事をしているからかもしれないけど、と真白さんは前置きしてから、言った。

「造形的に優れた肉体というものは、たしかにあります。肌質にも明確に差はある。ただ優れたものにはそれこそ上には上があって、きりがなく、しかも意外と時間が経つと忘れてしまう」

「……相手の顔も？」

彼は穏やかな笑みを浮かべたまま、はい、と頷いた。

「だから一人の時間に目を閉じたときに、浮かんでくるのは、傷跡だったりすることが、あります。それは本当に。その人だけの、唯一無二の形だから」

嘘《うそ》でもいいから、と私は呟いた。

「君の体が、君の体だけが綺麗《きれい》で好きだ、と誰かに言ってほしかっただけかもしれないです。でも結局、女性がセックスに求めていることってそういうことじゃないかって思うんです」

彼が背中を撫《な》でたので、その温かな首筋に私は顔を埋めた。

彼は、そうですね、と相槌を打ってから

「でも、そういうことが分かるとか、分からないとかは、大して愛情とは関係ないことだとも思いますよ。女性の心が分かると言えば聞こえはいいけれど、勘ばかりよすぎれば、結局、自分の心がなくなっていくから」

私は上半身を離した。

「真白さんの心はどこにあるんですか？」

「分かりません。でも、あなたの心の在《あ》り処《か》なら分かる。僕はきっと思い出しますよ。傷跡と、その心臓がどんなふうに鳴っていたかを」

彼は細い目でこちらを見据えた。

ふたたび抱き合うと、先ほどとは感覚が変わっていた。心は凪《なぎ》のようなのに、五感は研ぎ澄まされて細分化していくようだった。彼の膝の上に腰掛けて強くしがみ付く。いつものおもちゃの棚に手を伸ばしかけた彼に向かって、首を横に振った。

彼は無言で、すぐにベルトを外した。私がその奥に触れるのを息を潜めて許していた。それからまた静かに腰を引いて、ベルトを締めた。紛らわせるように私の体を隅々まで丁寧に探った。私はその首に手をまわして、いつしかうわごとのように、好き、とくり返していた。本当は恋などしていなくても、今この瞬間に理解されていることに対する感謝を伝える言葉はそれくらいしかないから。

終わってから、二人でベッドに倒れ込むと、やけに胸が締め付けられて、まぶたが熱くなった。

たとえ最後まで抱き合うことはなくても、彼の体がちゃんとその気になっていたことが泣きたくなるほど嬉しかったのだと気付いた。

前夜遅くから降り出した雪は、午後になっても、まだちらついていた。

「こんなに降るなんてひさしぶり」

と私はコーヒーを淹れながら、言った。

「電車が止まらないといいけど」

夫がテレビのチャンネルをニュース番組に変えながら言ったので
「今日だっけ？　結婚式のスピーチの件で、後輩の子と会うのって」

と私は椅子に腰掛けて尋ねた。夫は、うん、と頷いた。

午後三時になると、夫は今年初めてクローゼットから黒いダウンジャケットを出して着込んだ。

「むこうも夕飯は帰って食べると思うから、夕方までには戻るよ」

と告げて、出て行った。

掃除を済ませてから、ファー付きのダウンを着て、外へ出た。さすがに雪はやんで、遠くの空の雲が赤く染まっていた。

駅前のスーパーマーケットで買い物を済ませて歩いていると、ファミレスのガラス窓の向こうに、夫の姿を見つけた。

向かいの席には茶色い髪をおろした女の子がいた。コーヒーを飲みながら、明るい表情を浮かべていた。

私は買い物袋を持ったまま二人を見つめた。

大学の後輩が春に結婚するという話は、ずっと前から聞いていた。その結婚式のスピーチの件で会うということも。

夫はテーブルを挟んで、誠実な距離を保ったまま話していた。

それでも私は視線をそらすことができなかった。

夫が口を開くと、少し遅れて、後輩の子が笑顔になる。口に手を当てることもなく、上半身を前後に動かして、大らかな笑い方をする子だ。茶色いセミロング。クリーム色のタートルネックのセーター。オレンジ色のチークは、ほんのり色付く程度。傍目《はため》にも健やかで性格も良さそうな子だった。

冷えていく体温を感じた。

夫とほとんど体を重ねないのは、眠る前に仲良く語り合うだけで互いに満たされてしまうからだと分かっていても、今の私には、夫の肌や体つきを思い出せない。

毎晩、食卓を挟んで親友のように会話する私たちと、彼らとの間には、どれほどの差があるというのだろう。

私は引き返して買い物袋を駅前のコインロッカーに預け、駅に入った。

となり町の駅は、閑散としている分、ずっと雪が多く感じられた。積もった道を歩きながら、携帯電話を取り出した。

長い呼び出し音の末、あきらめかけたときに真白さんが出た。

「あの、これから、予約したいんですけど、難しいですか？」

彼は、大丈夫ですよ、と告げた。歯医者の予約ぐらいの軽さで。それから夜の予約が雪でキャンセルになったのだと付け加えた。

森の入り口は、白く霞《かす》んでいた。

枯れた木の枝にマフラーやコートを引っかけないように気をつけながら、石段を上がった。前回生まれた感情がじょじょに濃くなっていくのを感じながら。いけない、と分かっていながら。

石段を上がり切ったところで、突然、足がすくんで動けなくなった。

治療院までの道には、びっしりと雪が積もっていた。

その雪の上にできたばかりの白い足跡が、残っていた。

おそるおそるブーツを重ねてみると、私よりもわずかに小さく、まぎれもなく女の足跡だった。

私は踵《きびす》を返した。

石段の雪はすでに溶けかけていて、何度か滑り落ちそうになった。

大みそかの夕方、私と夫は電車に揺られて、実家へと帰った。

公園の前を通りかかると、日が暮れて誰もいなかった。私はジャングルジムを指差して告げた。

「私、あのてっぺんから落ちたことがある」

夫はまじまじと見上げながら、よく死ななかったね、と感心したように呟いた。

あの頃、お城のように感じられたジャングルジムは今も十分に高くて、自分がたかだか数十センチしか成長していないことを実感した。

団地に到着すると、夫が先に階段を上がった。

その背中を見ながら考える。私が真白さんとしていることを知ったら、夫は怒るのだろうか。悲しむのだろうか。

「……一度あなたと昔の彼女が、夜中に公園で一緒にいるところを見たの。一つのブランコに、子供みたいに二人乗りして揺れてたね」

私はその背中に語りかけながら、夫に謝るつもりもないのに責められたいのだ、と気付いた。

愛憎にまみれた男女のように責め合って、ぐちゃぐちゃになって、そして言ってほしいのだ。

「はは。しかし千尋と夫婦になって、この階段を上がるなんて。詰め襟着てた頃は、想像もしてなかったな」

本当は、ずっと君に憧れていたのだと。

「そうね」

となり同士のインターホンを同時に押してから、二人で顔を見合わせて笑った。

私の母が先に飛び出してきて、なに仲良く笑ってるの、とからかった。昔から着ているグレーのセーターには小さな毛玉がいくつも出来ている。白髪染めはしているけど、化粧っ気はまったくない顔。ああ、私の母だと実感する。

今度は夫のお母さんが出てきた。白いブラウスに薄紅色のレース編みのボレロを羽織った格好で、千尋ちゃん、ひさしぶり、と笑った。この古い団地の中で、ずっとささやかな華やかさを失わない人だ。私は会釈した。

「さっき二人で相談してたんだけど、夜はうちですき焼きにするから。ちょっと休んだらいらっしゃいね。おかずはね、作って持ってきてくれるっていうから」

「おかずと言っても、きんぴらとか、ちっとも大したものじゃないけどね」

「あら、関係ないわよ。子供にとっては、慣れた家の味が一番よ。千尋ちゃんだって、たまには楽したいわよね。この子、昔からぼうっとして、あんまり気が利かないから」

たたみかけるようなやり取りに、私たちはまた笑って、それぞれの家の中に入った。

ベランダに出ると、夜空は無数の星のすみかだった。

首筋が心地よく冷えていくのを感じていたら、となりのベランダの窓が開く音がした。

「千尋？」

白い仕切りのむこうから夫の声がした。

それぞれのベランダは仕切り一枚で隔てられている。

高校生の頃、夜中にベランダに出ると、となりから煙草《タバコ》の匂いが流れてきたのを思い出した。そのときだけは、夫が知らない異性のようだった。

お互いに気付いたときには、喋ったりもしたけれど、たいてい私は息を潜めて黙ったまま、かすかな煙の消えていく先を目で追っていた。

「ひさしぶりに煙草？」

私が訊くと同時に、ライターの鳴る音がした。

「もう隠れなくてもいいんだけどね。母親の前で吸うのって、なんか気まずくて」

癖だね、と笑った。

目の前に白い煙がすっと流れてきた。銀河のように夜を透かし、揺らめきながら上っていく。

仕切りの向こうから、煙草を右手に挟んだ夫が身を乗り出していた。

「どうしたの？」

「あの頃、よく千尋もベランダにいたよね」

「え？」

「千尋は気付いてなかったと思うけど、俺たち、同じ時間によくベランダに出てたんだよ」

「何度か話したのは、覚えてるけど。気付いてたなら、声をかけてくれれば良かったのに」

　私が文句を言うと、夫は真顔で返した。

「そりゃあ、意識してたから。となりの家の女子高生が夜中にベランダの仕切り越しにいたら……ドキドキするよ」

　私が仕切りのほうへ近付くと、夫は一瞬まばたきした。

　夫の空いている指に指を絡めながら、キスをした。二人とも等しく、礼儀正しく、緊張していた。

　唇を離すと、夫が照れ臭そうにほほ笑んだ。

　その瞬間、津波のような罪悪感に飲み込まれた。ようやく自分がなにをしたかを悟った。

　真白さんのことを、万が一、夫が知ってしまったら。この人を失ってしまったら。想像するだけで嫌な汗が噴き出した。神様、お願いです、許してください、もう二度としません！

私は叫び出したくなるのを堪《こら》えながら夫を見つめた。熟しすぎた果実が裂けたように甘い感情がゆっくりと胸に滲《にじ》む。

自分がなによりも欲しかったものはこの罪悪感だったのだと気付いた。


真白さんは、いつものように出迎えた。

私は儀礼的に会釈した。

その態度一つで、彼は察したようだった。

「ソファーに、座りますか？」

首を振って、背後でドアが閉まる音を確認してから、玄関先に立ったまま切り出した。

「私が、ここへ来ていたことは」

「もちろん誰に知られることもありません。良かったら、最初に書いていただいた問診票も今この場でお返ししますか？」

お願いします、と私は答えた。

彼は奥の戸棚から数枚の紙を持ってくると、差し出した。

折りたたんで、すぐにハンドバッグの中にしまう。帰るまでには捨てることになるけど、それでも乱雑に押し込んだりはしなかった。それは自分の体を傷つけるようで恥ずかしいことだと思った。

「皆さん、そうです。長くは続かない」

真白さんは静かな口調で告げた。

私は、彼をじっと見た。

ここに来るまで、私の記憶の中の彼は、真っ暗だった。不安と恐怖が肥大した影と化していた。

いま、目の前にいる彼は、あいかわらず物腰柔らかで穏やかな青年だった。

「いつの間にか来なくなるの？」

「そういう場合もあります。離婚する人も多い。そして新しい恋を見つけます。どちらにせよ、長くは続かない。ほとんどの女性は、二人の男のところへは帰れない」

私が黙り込むと、彼は、一つだけ、とほほ笑んだ。

「旦那さんにはけっして打ち明けないことです。理解されたいなんて考えないように」

「そうね」

と私は同意した。本当は、いつか話してしまうかもしれない、と思っていたのだ。

それを見抜いたように彼は
「大丈夫、上手くいきますよ。あなたは自覚されたのだから。旦那さんを大切にしていけるはずです」

とにっこり笑った。

ああ、この人は壊れてる、と初めて実感した。

この森の奥で、途切れることのない女性客を待ち続けて、歳を取っていく。

「あなたは、この場所を提供してくれた女性を待ち続けてるの？」

ほんの少しでも人間らしい一面を期待した私の問いに、彼は即答した。

「他人を愛することに興味がない人間も、いるんです」

あきらめて、踵を返した。

「さようなら」

と彼が言った。私は、ありがとう、と背を向けたまま返した。

森の小道は、背の低い草木がまばらに芽吹いているだけで、ほとんどは茶色い地面が剝《む》き出しになっていた。

土が柔らかくなっているところで、立ち止まり、ぐっと右足に体重をかけてみた。

右足をずらすと、足跡は残らなかった。蟻《あり》の巣と見紛《みまが》うくらい小さなヒールの穴が空いただけだった。

私はまぶたに木漏れ日を感じながら、森を抜ける石段を下りた。

蛇猫奇譚

ふっくらした指がすうと近付いてきて、次の瞬間には、さえぎられていた視界が開けた。

指の腹には、乾いた団子虫みたいな目やにがくっ付いていた。

「本当に大人しいやつだなあ。普通、指で目やになんて取ったら、嫌がるよ」

旦那さんが半ばあきれたように言い、ハルちゃんは誇らしげにティッシュで目やにを包んだ。

ハルちゃんが足を伸ばして、若草色のソファーに寝転がる。たくさんクッションが並んでいるので、ボクが足の間に入ると、互いに身動きが取れなくなった。なんて心地良い不自由。ジーンズ越しでも内腿《うちもも》は温かい。

「そういえば、今日クリーニング屋に行ったんだけど、セーターが安いハンガーに掛《つ》ったままで出てきて。あれって吊ったまま干しちゃうと、肩のところの形が崩れちゃうのに。まだ自宅で洗ったほうがマシだった」

旦那さんはテレビのチャンネルを変えながら、なるほど、と気のない返事をした。ボクは代わりに喉をごろごろと低く鳴らしてあげた。

「だから、サービス券を突っ返してやったの」

「は？」

旦那さんが面食らったように、振り返った。

「突っ返したって？」

「一週間以内に取りに行くと、次回使えるサービス券をくれるの。それを私、無言で拒否したの。お店のご主人すごく困ってた」

「どうしたの？」

旦那さんの問いかけに、ハルちゃんはきょとんとして、まばたきした。

「どうしたのって？」

「そんなことするなんて珍しいから。この前だって、パン屋の店員に怒ってたし」

「あれは、レジが混んでたのにお喋りしてたから」

「いつもなら道でぶつかってきたやつにも謝るくせに。最近、変だよ。やけにいらいらしてる」

ハルちゃんは納得いかないという顔をした。

両手が伸びてきて、脇腹がぐうと持ち上がり、抱きすくめられる。

ハルちゃんはボクの眉間を撫でながら、チータは分かってくれるよね、と訊いた。前足でしがみ付いて、にゃおう、と同意する。抱かれるのが嫌だという同輩も多いが、ボクにとってべたべたに甘やかされるのは至福のときだ。

三年前の、空っ風の吹く秋の夜だった。ボクはまだこの世に生を受けて百日目くらいだった。寒さと空腹で、公園の花壇で行き倒れかけていたら、仕事帰りのハルちゃんに拾われた。オレンジと黒の毛が交じってチーターっぽいという理由で、チータと名付けられた。

結婚してからも、ハルちゃんはボクを一番に可愛がってくれる。

旦那さんには、ズボンのポケットにティッシュを入れっぱなしにしたでしょう、などと尖《とが》った声を出すけど、ボクのワガママには寛大だ。深夜二時にお腹が空《す》いて起こしに行っても、寝惚《ねぼ》けまなこで台所に立ち、おかかをたっぷり振りかけた缶詰ご飯を出してくれるのだから。

ハルちゃんが朝から吐いたので、旦那さんが調べて、日曜日でも診察してくれる病院へ行くことになった。

赤いマフラーを巻くハルちゃんの足元で、ボクは鳴いた。吐くなんてよくあることだから大丈夫だよ。

ハルちゃんは込み上げるものを堪えるように口をつぐむと、ボクの頭を一度だけ撫でてから、旦那さんと出かけていった。

お昼すぎにハルちゃんと旦那さんは帰ってきた。

ボクが出迎えると、旦那さんは上機嫌でコートを脱いだ。

「チータ。今年の夏にはうちに赤ちゃんが来るぞ」

赤ちゃん！

ボクはびっくりして、ひっくり返りそうになった。

昨年ベランダで昼寝していたら、向かいの家からけたたましい泣き声が聞こえたのだ。ボクが首をもたげると、窓越しに白いふわふわのドレスを着た赤ちゃんが見えた。

赤ちゃんは、お母さんに抱っこされても、おかまいなしに泣きわめいていた。毒でも飲んだかのように手足を突っ張らせてはキリキリキリマイ、上半身をのけぞらせてはキリキリマイ。それは悲劇的なありさまだった。

ハルちゃんは、ちょっと休憩、と呟くとソファーに横になった。

あんなキリキリマイが来たら大変だよ。ボクはそう忠告した。でもハルちゃんはぼんやりと宙を眺めるばかりだった。

業《ごう》を煮やして、ハルちゃんの膝に飛び乗った瞬間に
「チータっ」

青ざめた旦那さんによって、ボクはみごとに膝から弾《はじ》き飛ばされた。

床に着地すると、ハルちゃんがようやく我に返ったように起き上がった。

「チータ、大丈夫!? あなた、チータには分からないのに」

「ごめん……お腹の上に飛び乗ったら大変だと思って、つい」

「分かってる、けど。チータ、おいで」

ハルちゃんが抱き上げてくれたので、ボクはほっとして、胸の上にでろんと乗っかった。お腹に乗るのは当分控えよう、と思いながら。

「昼飯は僕が作るよ。春《はる》、なにが食える？」

「トマトとツナのパスタなら、たぶん」

旦那さんは、OK、と言って、台所に立った。

ツナの缶詰がぱきっと開く音がしたので、ボクはすっ飛んでいった。旦那さんは、仕方ないなあ、と呟きながら、空のお皿にツナを少し分けてくれた。

十数分後には食卓の上で、二皿分のトマトとツナのスパゲッティが湯気をたてていた。

「ちょっと塩味、薄いかな？」

そう呟いた旦那さんのシャツの襟には、トマトソースが飛んでいた。

「ううん。大丈夫。美味しい」

朝から吐いてばかりだったハルちゃんは、スパゲッティをぐんぐん吸引した。細長い麺があっという間にお皿から消えた。鬼気迫る様子が、ちょっと怖かった。

食べ終わると、ハルちゃんはにっこり笑ってのたまった。

「夕飯も同じものがいい」

旦那さんはフォークを動かす手を止めて、引きつった笑みを浮かべた。

となりの家の芝が背を伸ばして、青空が眩《まぶ》しくなる頃には、ハルちゃんのお腹はびっくりするほど大きくなった。

毎晩、ハルちゃんはベッドで寝苦しそうに汗をかいていた。寝返りが打てないので、朝まで落ち着いて一緒に寝られて、ボクとしては嬉しかった。

旦那さんは仕事から帰ってくると、味噌汁を作っているハルちゃんの後ろでお椀《わん》を出したり、洗い物を片付けたりしながら
「今日も、ずいぶん動いた？　呼びかけたら、なにか反応した？」

と嬉しそうに尋ねた。

ハルちゃんは味噌を溶きながら、歌ってあげたら何度も足で蹴ってたよ、と答えた。

ハルちゃんは病院からもらってきたエコー写真というものを出して、旦那さんに見せてあげていた。

ボクも横からそっと盗み見た。ぼんやりとした白い影に、ぽっかりと二つの黒い穴が開いている。みごとな心霊写真だ。

旦那さんは心霊写真をしみじみ眺めると

「さすがにどっちに似てるか分からないなあ」

と言った。きっと死んだら同じ顔になりますよ、とボクは思った。

「私に似ないでほしいな。あなたに似てほしい」

ハルちゃんは湯呑《ゆのみ》から顔を上げると、真顔で言った。旦那さんは優しく、僕はどっちでも嬉しいよ、と返した。

「弟は、お母さんそっくりで美形なのに、私はちっとも似なかったからな」

「ああ。でも慧《けい》君はたしかに綺麗な顔をしてるけど、ちょっと冷たい感じがするから。僕は、今の春が、愛嬌《あいきょう》があって可愛いと思うよ」

「ありがとう。妊娠したからって、せめて太りすぎないように気をつけるね」

ハルちゃんはそう言って笑った。ころんとした目、ころんとした鼻と唇。ハルちゃんは思わずじゃれつきたくなる顔をしている。

「うちのおふくろが、生まれてから、大変だったら手伝いに来たいって」

「え、でもお店もあるのに、栃木から出てくるなんて大変でしょう?」

旦那さんのご実家は、温泉街にある定食屋さんだ。

「まあなあ。お盆の時期とかぶると大変かもしれないけど。でも初孫ですごく喜んでるし、春のお母さんは亡くなってるわけだから、本当に大変だったら、頼ってもいいと思うよ」

ハルちゃんは、うん、と言った。ちっともそのつもりはない目をして。

がんばり屋のハルちゃんは今も毎朝六時に起きて、旦那さんと自分のお弁当を作ってから出社する。家の中は以前と変わらずぴかぴかだし、洗濯物もカゴ一つ分溜《た》めることはめったにない。

真夜中、ハルちゃんがむくっと起き上がった。

トイレの前で待っていると、ハルちゃんが中から出てきて
「チータ、待ってたの？」

と訊いた。ボクは、にゃ、と答えた。

ハルちゃんは、喉渇いた、と呟くと、冷蔵庫から水のペットボトルを出して半分ほど飲んだ。

それからボクをじっと見下ろした。

「チータを可愛く思うほどには愛せなかったら、どうすればいいんだろう」

ボクは、ん、と首を傾げた。べつにボクほど愛さなくていいじゃない。ボクは死ぬまでハルちゃんと一緒だけど、人の子というやつは大きくなったら家から出ていくんだから。

よいしょ、とハルちゃんは慎重に膝を折って床にしゃがみ込むと、ボクの頭をそっと抱え込んで

「チータが、人間だったら、良かったのに」

と言った。なんでそんなふうに思うのか、ボクにはちょっと分からなかった。

ばたばたと忙《せわ》しない足音で目が覚めた。

ボクが玄関へ駆けていったときには、ハルちゃんと旦那さんは大きな荷物を持って、靴を履いていた。

「チータ、病院に行ってくるからな」

旦那さんはそう言い残して、汗だくのハルちゃんを気遣いながら出て行った。

ボクはやれやれと思い、薄暗い寝室に戻って床に寝転がった。

夕方になっても二人は帰ってこなかった。

すっかり腹を空かせたボクは台所中をぐるぐると回って、鰹《かつお》の削り節の袋を引っ張り出した。

床に散らばった削り節を舐《な》めながら、いささか不安に駆られた。今までこんなに食事の時間が空いたことはなかったのだ。

ようやくちょっと満たされると、ボクはソファーにうずくまった。カーテンは朝のうちに開けっぱなしにされたままだった。

ぼんやりと夜空を見つめた。一晩中かけて、いくつかの星が流れていった。

まだ朝もやのたちこめる時間に、ようやく旦那さんは戻ってきた。

猛烈に抗議するボクを見もせずに、旦那さんはさっさと缶詰を開けると

「すまないけど、またすぐに病院に戻るからな」

と言って、こんもりとまぐろめしの盛られたお皿を置いた。ボクはがつがつと喉を鳴らして、あっという間に食事を済ませた。その間、旦那さんはシャワーを浴びていた。

旦那さんはさっぱりとした顔で、綺麗なTシャツに着替えると、ふっと光り輝くような笑顔を作った。

「とうとう、生まれたんだなあ」

ボクは一気に食べ過ぎたせいで、胸の奥が気持ち悪かった。きっとハルちゃんだったら、気遣って何度かに分けてくれただろうに。

ドアが開いて、ボクが飛び出していくと、そこには一週間ぶりのハルちゃんがいた。

「チータ。ただいま」

ハルちゃんは、真夏には不似合いの青白い顔をしていた。紺色のTシャツの胸には布に包《くる》んだ赤ちゃんを抱いている。

ボクは足にすり寄ろうとしたけれど、すっとかわされてしまった。

「ありがとう。綺麗に片付けておいてくれて」

旦那さんは、猫の毛一本落ちてないよ、と笑った。ボクは憮然とした。まるで猫の毛を埃《ほこり》かなにかのように。

そのときハルちゃんの表情が曇った。

寝室に直行して、柵付きのベビーベッドに赤ちゃんを寝かせると
「猫の毛……やっぱり良くないと思う？」

と真顔で、旦那さんに尋ねた。

「うーん。毎日、掃除機をちゃんとかけて近付けないようにしてれば、大丈夫じゃないかなあ。猫や犬を飼ってる家はたくさんあるわけだし」

ハルちゃんは神妙な面持ちで頷くと、すぐにベッドに横になって目を閉じた。投げ出された腕には力がなくて、大丈夫かと呼びかけてみたけれど、返事はなかった。

旦那さんが、仕事の電話を一本忘れてた、と慌てたように寝室を出ていった。

ボクはひらりとベッドに飛び乗って、ハルちゃんと赤ちゃんの顔を交互に覗き込んだ。しわくちゃの赤ちゃんは小難しい顔で眠っていた。ちっとも可愛くない。ただの小さなおっさんだ。

ハルちゃんの寝顔のほうが、よほど赤ちゃんみたいだった。

翌日から、旦那さんがいない間、ハルちゃんは寝たり起きたりを繰り返しながら、赤

ちゃんの世話をした。

赤ちゃんが泣くと、抱き寄せて胸を吸わせた。赤ちゃんは懸命に吸いついていた。ハルちゃんは、旦那さんが一緒のときと違って、心細そうな顔をしていた。

はげましてあげようとしてベッドに飛び乗ったら、ハルちゃんがぎょっとしたように背を向けた。

ハルちゃん。元気だして。あと、ついでにお腹が空いたんだけど。

ボクがすり寄ると、ハルちゃんは怯《おび》えたように体を離した。わけが分からなくなって、なあなあ鳴いたら、眠りかけていた赤ちゃんが目覚めて泣き出した。

「チータっ。あっち行って！」

ボクは啞然《あぜん》としながら、仕方なく寝室から退散した。

その日から、ハルちゃんはどんどんボクに冷たくなっていった。

赤ちゃんのキリキリマイが始まると、どんなに呼びかけても、ボクのほうを見ようともしない。赤ちゃんが眠っているときには、ハルちゃんもぐったり疲れたようにベッドに横たわっている。

一緒に寝ようと近付いただけなのに

「チータ！　赤ちゃんを起こさないで」

と険しい顔つきで叱られて、ボクはがっかりしながらソファーの上で眠った。

旦那さんもハルちゃんの異変には気付いていた。

日曜日の午後、赤ちゃんが寝た隙を見計らって、二人で素麺《そうめん》を啜《すす》っていたときに

「春、最近チータに冷たい気がするよ？」

と切り出してくれたので、ボクは救われた想《おも》いでソファーから首をもたげた。

「耳が尖っていて、尻尾の長い生き物にしか見えないのよ」

ハルちゃんが早口に告げたので、ボクは固まった。今、なんと言いましたか。

「え、なんて言った？」

ハルちゃんは苛立《いらだ》ったように、箸でそばちょこの底を突っついた。

「耳が尖った、尻尾の長い生き物にしか見えないの。チータのことが」

そのままだけど、なにかが正しくない。ボクは身をすくめて様子をうかがった。

「二つ同時には愛せないの」

ハルちゃんが絞り出すように言ったので、旦那さんはしばし考え込んだ後に、尋ねた。

「それは、僕のことも愛してないってこと？」

ごちそうさま、とハルちゃんは箸を放り出した。それから、すとん、と台所の床にうずくまって泣き出した。毛づくろいしてあげたくなる弱々しい背中を、旦那さんもボクも途方に暮れて見つめた。

真夜中、泣き声で目が覚めた。

ハルちゃんが表情をなくしたまま、むっくりと起き上がった。赤ちゃんを膝の上に乗せて、ぼんやりと子守唄を歌った。

薄いカーテンの向こうには真っ青な夜が広がっている。旦那さんはまったく気付かずに寝息をたてている。

赤ちゃんはなかなか泣きやもうとしなかった。ハルちゃんのほうが、こっくり、こっくりと船を漕《こ》ぎ始めた。

寝たらだめだよ。起こしてあげようと思い、ひときわ高く、にゃあ、と鳴いたときだった。

ハルちゃんがびっくりしたように目を開いた。それから、泣いている赤ちゃんとボクを交互に見た。起こしてあげたよ。ボクは得意になっていっそう鳴いた。

ハルちゃんが赤ちゃんをベッドに下ろして、立ち上がった。

寝室を出て、居間へとずんずん進んでいく。ご飯でもくれるのかな、とボクは期待してついていった。

ハルちゃんはソファーの前で立ち止まると、振り返った。

その直後、ボクは仰天して飛び上がった。

ソファーのクッションがすっ飛んできた。鼻先をかすめて、ぼとんと床に落ちた。

ハルちゃんはおそろしい形相でボクをにらんでいた。右手が、またクッションを摑《つか》んだ。ばんばんクッションが投げつけられた。ぶつからなかったけど、すれすれのところを飛んできた。

やがて、ハルちゃんの髪がてっぺんからじょじょに白くなり始めた。口元や目じりに皺《しわ》が刻まれる。くっきりと瞳が見開かれ、顎《あご》が細くなって、ボクの大嫌いな蛇そっくりの面相になった。

ハルちゃんは愛嬌のある若妻から、美しいババアになっていた。

美しいババアは興奮したように小鼻を膨らませながら、右手を持ち上げた。銀色のナイフを握り締め、その先端は鋭く光っていた。度肝を抜かれて、一瞬、動きが鈍った。

美しいババアが勢い良く腕を振り下ろし、ナイフが頭上に降ってきた。

どうして、私だけなの……？

なぜかハルちゃんの悲しそうな声が聞こえた瞬間、視界が真っ暗になった。

気付くと、ハルちゃんが床にへたり込んで嗚咽《おえつ》を漏らしていた。

髪に寝癖をつけたままの旦那さんが心配そうに、その背中をさすっている。

ハルちゃんは、チータが、チータが、とボクの名をくり返していた。

「チータは、可愛いの。良い子なの。ちっとも、悪くないの」

旦那さんは、知ってるよ、と頷いた。それからクッションの散らばった床をちらっと見た。

「産後鬱《さんごうつ》っていうんだよ。明日一緒に病院に相談に行こう」

ハルちゃんは泣きながら、小さく頷いた。

居間は嘘のように、しんとした。空気清浄機だけがひっそり音をたてていた。

「私、ずっと怖かったの。そっくりに、なってしまうことが」

「そっくりって、誰と？」

旦那さんの質問に、ハルちゃんは答えずに
「なんでもない。もう、二度としない」

とだけ言うと、口を閉ざした。

ハルちゃんが動こうとしなかったので、旦那さんは
「続きは寝室で聞くから。とりあえず横になろう」

と言って、立ち上がった。ハルちゃんは小さな子みたいについていくと、寝室のドアを開けながら、ちらっとこちらを振り向いた。

頰を真っ赤にして、涙袋を腫らした、いつものハルちゃんだった。

ボクは、みゃ、と短く鳴いた。

ハルちゃんは申し訳なさそうに顔をそむけて、寝室のドアを閉じた。

クッションの消えたソファーの上に飛び乗り、丸くなる。自分の体温だけではつまらなくて、尻尾が鼻先に触れると、くしゃみが出た。

浅い眠りから覚めて首をもたげたら、寝室のドアがうっすら開いていた。中を覗くと、ハルちゃんはベッドで寝息を立てていた。傍らの柵付きのベッドで赤ちゃんも眠っていた。ボクですら耳をそばだてないと聞こえないほど小さな寝息だった。ボクがするりと入っていくと、となりのベッドにいた旦那さんが頭を上げて、こっちにおいで、と小声で手招きした。

呼びかけを無視して、ハルちゃんの枕元に飛び乗り、前足で髪をせっせと梳《す》いた。旦那さんがあせったように、こっちにおいで、と少し力を込めて言った。ボクはかまわずハルちゃんの髪をしゃっしゃっと梳き続けた。ボクはハルちゃんが好きなのだ。ハルちゃんの腕の中で寝たいのだ。

やっとハルちゃんが目を覚ました。旦那さんが警戒したように息をつめた。ハルちゃんはじっとボクを見つめると、タオルケットを持ち上げてくれた。ボクはしゃあしゃあと胸元に潜り込み、くるんと丸まった。ほんの少し蒸し暑いけど、とても心地良い。

旦那さんは拍子抜けしたのか、すぐにいびきをかいて眠ってしまった。

うとうとしているボクの耳に、ハルちゃんのか細い声が聞こえた。

チータ、ごめんね。大好きだよ。本当に、大好きだから。

ボクは、分かってるよ、と心の中で答えた。ボクにクッションを投げたのはたしかにハルちゃんだけど、本当は蛇みたいな美しいババアだったことを。

美しいババアを、ボクは前にも一度だけ見たことがあったのだ。

ハルちゃんが一週間くらい実家に帰省することになって、ボクも連れていってもらったときに。

夜中にボクがうろうろしていたら、暗い和室の片隅に棺《ひつぎ》がひっそり置かれていた。

棺の小窓越しに見た、ほっそりした顔。

翌日のお葬式でハルちゃんが、お母さん、と呼びかけていた。蛇みたいな美しいババアは、ハルちゃんのお母さんだった。

ハルちゃんが小さな声で言った。

「私、お母さんみたいにはならない。チータに約束する」

大丈夫だよ。蛇みたいなババアはもうどこにもいないんだから。

ただ明日からはちょっとだけボクのことも気にしてね。

そんな気持ちをこめて、ボクはハルちゃんのふっくらした指をそっと噛《か》んだ。

あなたは知らない

オートロックのドアを開けると、マンションの外は熱の残る夕暮れが広がっていた。向かいの古い家でひぐらしが鳴いている。

その庭には、除草作業用の道具に紛れて巨大な水槽が置かれていた。濁った水の中で、大小の金魚が泳ぎまわっている。酸素を吐き出すポンプの音が聴こえてくる。

紺色のスウェット姿の老人が足を引きずりながら、庭先に出てきた。

彼は水槽の前にかがんで、餌をやり始めた。苔《こけ》の生《む》した金魚の水槽は、綺麗とも不快とも言いがたかった。赤い尾が無数に揺らめいている。

私は我に返って、サンダルの踵《かかと》を鳴らしてバス停へと向かった。

馴染《なじ》みのない停留所で降りると、大通りは仕事帰りの人々で溢《あふ》れていた。

夜の中、ショッピングビルや居酒屋の明かりが眩しく、ビルとビルの間の横丁もにぎやかだった。

バス停のベンチに腰掛けてぼうっと月を仰いでいると、視界をすっと半袖の白いワイシャツが遮った。

「すみません、お待たせして。行こうか?」

返事をする前に、その目の大きさにしばし見惚《みと》れてから、私はゆっくりと立ち上がり、はい、と頷いた。

雑居ビルの二階のホルモン焼き屋で、テーブルを挟んで向かい合わせに座った。ワイシャツのボタンを外した胸元は色っぽく、トングを摑んだ手の甲は夏だというのに白い。

「なんか恥ずかしいですね。変に腕が白くて」

そう苦笑する彼に、もう何度目か分からないけど
「浅野《あさの》さんは、それがいいと思う」

という台詞を告げる。

「変わってるな。瞳《ひとみ》さんは」

レモンを搾《しぼ》ったタン塩を食べながら、記憶にも残らぬとりとめない話をいくつかした。

当たり前のように恋人扱いする店員たちの対応に気付かぬふりをしながら。

狭い街にはラブホテルが三軒しかない。

路地に入ると、複数のカップルが空室を求めて三軒を行き来していた。諦め半分で一番古い建物を選ぶと、電光掲示板には二室ほど空きがあった。

室内は古いけれど広さがあって、今時珍しく、鏡に囲まれたベッドがあった。

嬉しそうに、うわエロいな、と仰向《あおむ》けに寝転がる浅野さんに近付くと
「瞳さん。おいで」

彼は無邪気に笑いながら両手を広げた。そのワイシャツの小さなボタンを一つ一つ外すたびに、背骨が痺れる。色素の薄い顔立ちは見れば見るほど、年齢が曖昧だ。堪え切れずに抱き合うと、瞳さんぬくいし可愛い、と心にもない台詞を囁《ささや》かれて、私は一瞬だけ浅く息を吐いた。


六月の、点滴のように間断なく雨が滴《したた》る晩だった。

自宅から遠く離れた街で、私はひさびさに大学時代の友人の江梨子《えりこ》と会っていた。レストランの照明の下で唇を光らせた彼女は、ピンク色のピンでオリーブを突《つ》きながら、平日は仕事に追われて休日は淡白な夫の世話で一生終えるなんて出家したも同然だ、とこぼした。

不満は締まりの悪いシャワーの栓のごとくたえず滴り落ちて、私は彼女から
「どうせ来年には瞳も結婚してるんだから、独身のうちにちょっとくらい遊んだら？」

と強引に誘われて立ち飲みのバーに行ったのだった。

そこで奢《おご》りのビール片手に江梨子に声をかけたのが、浅野さんだった。

三人での会話は弾んだものの、終電間際に届いた旦那さんからのメールで、彼女は文字通り踵を返した。

ガラス扉の向こうに消えた赤いワンピース姿を網膜に残したまま、私は浅野さんと顔

を見合わせた。反射的に心の中で、綺麗な顔、と呟いていた。

生まれて初めてただひたすらに目の前の男を欲しいと思った。

テーブルの下で彼の手を握ると、会話が途切れたのは一瞬で、強く握り返された。

可愛げを滲ませてゆるく笑う浅野さんは、最初から江梨子と私のどちらでも良かったようにも見えたし、どちらでもなかったようにも思えた。

だから始めてしまった。

二人で、ではなく私だけが。


七時過ぎに作り終えた夕飯を一人で食べてしまうと、私はすぐに小皿に盛り直してラップを掛けた。

体の力を抜いて、三人掛けソファーに足を伸ばす。天井のLEDはどんなときでも前向きに明るい。空気中には鶏を茹《ゆ》でた香りがうっすら残っていた。

寝室にこもってずっと作業していたら、玄関で物音がした。中断するのが嫌で、気付かなかったふりをしていたら、ドアが開いて
「瞳、起きてたんだ。あの鶏肉ってなにかけて食えばいいの？」

そう訊かれて、ゴマダレの小皿を冷蔵庫の奥のほうにしまったことを思い出して立ち上がった。

耕史君《こうじ》が食事している間、私は寝間着姿のまま冷たい麦茶を飲んだ。

「明日って作ったやつを渡すんだっけ？　夕方くらいまで？」

「うん」

と私は相槌を打った。

「そっか。こっちは例のワクチンのことでまた色々大変でさあ。たしかに副作用に関しては対応が遅いと思うけど、発症したときの死亡率を考えたら、やっぱり接種を推進すべきなのに、癒着《ゆちゃく》だとか利益重視みたいに言われるの、本当に損失だと思うんだよ」

私は麦茶を飲みながら、そうだね、とまた相槌を打った。同棲《どうせい》している恋人同士は、皆こんなふうに相手の仕事の話を聞いているのだろうか、と想像しながら。

彼が顔を上げた。

「そういえば、うちのおふくろが今度遊びに来たいって言ってただろ。そのときの昼飯、俺に作らせてよ」

私は、なに作るの？　と訊いた。

「アクアパッツァ。今日の昼休みにテレビで男の料理特集やっててさ。このマンションって賃貸にしては台所広いし、挑戦してみたかったんだ」

楽しみ、と私は笑った。このマンションに引っ越してきてから半年経つが、仕事の忙しい耕史君が台所に立ったことはまだほとんどない。

洗い物を終えて、彼が入浴している間に寝室に戻った。

机代わりにしている鏡台の椅子を引き、カッターで切り残しを修正していたら、彼が廊下を歩いてくる音がした。私は反射的に手を止めた。

耕史君が入って来て、がたがたと私の鏡台からドライヤーを取り出した。それから私に向かってまだやってたの、と訊いた。

「うん。明日渡すやつの仕上げだから」

私はカッターマットの上に広げたペーパーを見せた。ドライヤーの騒々しい音が、集中力をあっという間に拡散させていく。

「細かいなあ。すげえよなあ。そういうのって子供にも教えられそうだし、いい趣味だよね」

子供、趣味、という単語を順番に胸のうちで復唱した。ほんの少しの違和感と共に。

ベッドに潜り込むと、中途半端に中断させられた指先が疼《うず》いた。無理やり押しとどめて、耕史君と一緒に眠った。

駅前の裏通りのカフェに、澤井さんは五分遅れでやって来た。

厚底のサンダルを履いた彼女は明るい色柄のワンピースを着ていた。前回はたっぷり長くて黒かった髪がショートの金髪になっていたので、びっくりした。

「ごめんね、お待たせして。私のことすぐに分かった？」

生き急ぐような足音ですぐに分かった、とは言わずに、はい、とだけ相槌を打つ。

「でもびっくりしました。よく似合ってるけど」

華やかで個性的な格好には憧れがあるものの、自分に似合うとは思えなくて、澤井さんを眩しく感じた。

「ほんと？　じつは今までずっと外国の人と付き合ってたから、染めたくてもできなかったんだけど。今度できた彼が日本人のバンドマンで、好きな格好すればいいじゃんって言うから。不思議だよね。以前のほうがまわりからは奔放って言われてたのに」

などと早口に説明されて、私は目を丸くしてしまった。

「お昼よかったら。ここの欧風カレー、美味しいよ」

澤井さんはランチメニューを差し出した。袖口に白い毛のようなものが付いていたので、見ていると
「あ、ごめん！　最近飼い始めたから、すぐ服に付いちゃうの。猫の毛が」

彼女は人差し指でさっと毛を払った。

「なんの種類ですか？」

と尋ねてみた。猫なら一度だけ実家で飼ったことがある。

「ペルシャ。まわり中から止められたんだけど、一度あのふさふさの毛を撫でながら寝

てみたくて。当分海外も行かなくなったし。可愛いよー。掃除は大変だけど」

相槌を打っていたら店員が来たので、欧風カレーとマンゴージュースを頼んだ。

ランチがやって来る前に、箱のふたを開けて切り絵のオブジェを見せると、澤井さんは嬉しそうに言った。

「すっごい綺麗。ティアラにシャンパンの泡って可愛い。気泡の部分がまたすごい細かいね。本当に浮かんでるみたい。あ、あとで請求書書いてね」

私は頷いて、お礼を言った。

澤井さんは色んな勤め先を転々とした末に、今は神宮前《じんぐうまえ》のレストラン兼イベントスペースの企画をしているという。結婚式の二次会やパーティ会場に使われることも多いため、たまにこんなふうに切り絵を頼まれる。

ほかにも雑誌に記事を書いたり、合間にバンドのコーラスをしたり、よく分からないけれど、とにかく幅広い人だ。

欧風カレーには海老やらホタテやらがごろごろ入っていて、よくあるカフェのお洒落《しゃれ》カレーかと思っていたら本格的な味がした。

「本当、美味しいですね」

と私は言った。

「たまにこのカレーが食べたくて、こっちまで来るんだ。自炊なんて平日はほとんどしないから。瞳ちゃんは毎日ご飯作ってるの？」

「ちょうど先月派遣の契約も切れたし、今は家にいるだけだから」

本当はもう少し平日も時間を作って製作に集中したかった私の心を読んだように
「でも江梨子ちゃんに紹介してもらってから、私けっこう仕事頼んでるよね。作品作るのって、基本、彼が留守の間だけなんでしょう？　もっと作家面《づら》したりしないの？」

と澤井さんは言った。

だけど私は笑って、作家なんて、と首を横に振った。

「だってこれだけの物作れるんだよ。時間の自由がきくなら、ギャラリーに紹介したりもできるけど」

「でも彼のほうが、平日は家のことをする余裕がないから。あんまり夜に家を空けると、いい顔しないし」

「はー。まだ入籍前なのに、立派な奥さんだ。私なんて遊んでるだけの人生だよ。親の期待にも結局応えられなくて」

澤井さんがなんのてらいもなく言ったので、私は思わず考え込んだ。自分がもしそうだったら、絶対に口にできない言葉だったからだ。遊んでるだけの人生。

デザートのかぼちゃプリンを食べ終えると、彼女は箱に戻した私の作品を丁寧に紙袋にしまって

「本当におつかれさま！　会場の写真、あとでメールで送るから」

そう告げて、会計へ向かった。

一足先に店の外に出ると、まだ日が高かった。明るい午後の街を見渡すと、一瞬、自分が誰なのか分からなくなる。

お待たせ、という明るい声に呼び戻されて我に返った。私はお礼を言ってから
「来年の春の挙式には、ぜひ澤井さんもいらしてくださいね」

と告げた。

彼女は、ありがと、と手を振ると、次の約束へと急いで去っていった。

スーパーマーケットの袋を下げて、夕暮れの道を帰る途中、古本屋に立ち寄った。

本棚の前に立って、適当に流し見る。

私が居場所を求めて美術部に入ったのは高校一年のときだった。体育会系の風潮が強い高校だったこともあって、教室内は運動部の男の子と女の子の天下だったから。

美術部では最初、デッサンや水彩画を好んで描いていた。だけど私の描くものは線が硬くて、生真面目すぎた。

そのときに顧問の先生から、美大に進んだ先輩が作った切り絵を見せてもらったのだ。

性格的な細かさが生かせるのではないかと、試しに作ってみたら、どんなに気が遠く

なるような細工も全然苦痛じゃない自分を発見した。大学は美術とはまるで関係ない方面に進んだが、それでも切り絵だけはひっそりと続けた。

本棚の前でしゃがみ込むと、澤井さんの話が記憶に残っていたせいか『ペルシャ』というタイトルの本が目に入った。絨毯《じゅうたん》かと思ったが、猫の本だった。写真が多かったので、次の作品の参考になるかもしれないと思って買ってみた。

帰って豚バラ肉と卵を煮込んでいる間、八角の匂いが立ち込める台所でページを捲った。


性格はおとなしく、時には置物のように静かに部屋の中に、何時間もじっとしています。人に対しては甘えん坊ですが、抱かれるのはあまり好みません。


甘えん坊なのに抱かれるのが嫌というのは矛盾している、と宙を仰いでから、自分が触れたいときだけ触れたい、ということだと悟る。

ページを戻ると、多くのロングヘアーの猫の祖先だという美しい猫が紹介されていた。大きな目がすっとつり上がり、白い毛に覆われた顔はすっきりとしながらも、わずかに愛嬌を留《とど》めた丸みが残っていた。ターキッシュ・アンゴラ、と思わず呟く。

似てる、と反射的に思った。本当に似ているかなんてどうでもよかった。ただ綺麗だと思ったから、連想してしまっただけだった。

耕史君が帰宅したとき、私はソファーで眠り込んでしまっていた。

「メールの返信がないから心配したよ」

と言う彼に
「ごめんね、本読んでたから気付かなかった。今日は豚の角煮作ったよ」

私は告げて、台所に立った。

椅子の背を引いた耕史君がふいに
「猫、飼いたいの?」

と意外そうに訊いた。

私はテーブルの上に本を置いていたことを思い出し、軽く笑って、ううん、と答えた。

「なんだ」

「だって、猫って気まぐれそうだし」

「まあね。俺もどっちかといえば犬派だしな」

耕史君は当たり前のように言った。私は、そっか、と答えて菜箸を手にした。

「猫って気分が乗らなければ触らせてくれなさそうだもんね」

私がお皿に角煮を盛り付けながら、さっきの記述を思い出して言ったら
「そりゃあ、そうだよ。人だって気分が乗らないのに触られるの嫌だもん」

と彼が言い切ったので、たしかに、と私は少しだけ笑った。

視界を、白いワイシャツが塞いだ。

私は顔を上げて、こんばんは、と告げた。浅野さんは笑った。ベンチから立ち上がる。

「なに食おうか。瞳さん、魚苦手だっけ？」

「ううん、大丈夫。今日も鞄《かばん》がすごいですね」

私は書類が多くて形の崩れたナイロンのビジネスバッグを見て告げた。そう指摘された横顔は嬉しそうだった。こんなことをしているくせに、と心の中で呟く。浅野さんは仕事熱心なのだ。

地下の小綺麗な日本酒バルで、向かい合って箸を取った。アイナメのお刺身というものを初めて食べた。お酒は、天青《てんせい》の大吟醸。なんとなく名前が綺麗だと思って頼んだら

「それ、神奈川の酒か」

と浅野さんが思い出したようにこちらを見た。そういえば彼の生まれは神奈川だと言っていたことを思い出す。その後、両親の離婚を機に、東京に移り住んだという。

手元を見られるだけで、グラスを持つ指先が緊張した。紛らわせるようにしてぐいと飲んだら

「瞳さん、あいかわらず酒豪ですね」

とからかわれた。

仕事の話を少し聞いた。彼の表情ばかり見つめていたので、お酒の味も魚の鮮度もちっとも記憶に残らない。

「どおした？」

と浅野さんが問いかけた。この人は、どうした、でも、どした、でもなく、どおした、と発音する。

「ターキッシュ・アンゴラって種類の猫、知ってますか？」

と知っているわけがないのに訊いてみた。知らない、と浅野さんが真顔で首を振る。

「ペルシャ猫の祖先。ちょっと浅野さんに似てるの」

「猫？　俺、どっちかと言ったら、犬っぽいって言われるよ」

少しだけ照れ臭そうに否定した浅野さんを眺めながら、職場の女の子たちはこんな人と毎日一緒にいてくらっとこないのかしら、と不思議に思った。

初めて会った夜に歩道橋の上で、泊まって行こうか、と彼から訊かれて、酔って気が大きくなった私は首を大きく横に振った。

「初めて会った人とはしないです。でも、好きなタイプだからまた会ってほしい」

彼は面白そうに笑って、そうか、と呟いてから、ふいに
「女の子にそこまで言われたことないから、びっくりした。ありがとう」

と言った。
私は意外に思って、奥さんか恋人いないんですか、と尋ねた。どっちもいないよ、と
そこだけはっきりと言われた。
私が婚約していなかったら普通に浅野さんと付き合えていたのだろうか、と期待した
ことはない。最初に会ったときから、彼が求めているのはそういう出会いではないと分
かっていたのだから。
それでも浅野さんと抱き合ったら重さを胸のうちにおぼえてしまった。情が生まれて
しまうやつだ、ととっさに察した。
そう思った時点ですでに生まれていたことには気付かぬふりをして。

江梨子とランチをしに出かけた。
スペイン料理屋のテラス席で、たらたらとワインを飲んで、パエリアを削り取って食
べながら一通り報告をした。
「そういえばこの前、澤井さんに会ったら金髪になってた」
と思い出して言ったら、うそ、と江梨子も驚いて訊き返した。
「あのひと変わってるよね。私もたまに大勢の飲みで会う程度だから詳しくは知らない
けど、じつは実家がすごい裕福でお嬢らしいよ」

「そうなんだ。だから好きなことをしていられるのかな」

と私は呟いた。

江梨子は相槌を打ってから、もう働くのイヤー、をくり返した。

「私も瞳みたいに仕事辞めたい。そこまで養ってくれる人欲しい」

と真顔でぼやく彼女に向かって、そうだね、と濁す。

江梨子のことは嫌いじゃないけど、たまに一方的な決めつけだと感じるときがある。

次の話題を探しているときに、そういえばこの前の人ってあれっきりなの？　と江梨子に訊かれて、迷ったけれど、誰かに知ってほしい気持ちが勝って
「たまに会ってる」

と答えてしまった。

彼女は奇妙に明るい表情になって、そうなんだ、と声をあげた。

「それって体だけの関係ってこと？」

と重ねてきた問いにも、やはり、うん、と答えていた。

江梨子は赤ワインを一口飲むと、うっすら赤く染まった下唇を弄《いじ》りながら、じつは、と切り出した。

「本当は一人だけいたの。私も、そういう相手。だけどすぐにダメになっちゃって。都合のいい関係っていうのも意外と続けるの難しいよね」

ようやく謎が解けた。逡巡《しゅんじゅん》していたのは私に対してではなく、彼女自身の秘密を明かすことについてだったのだ。いっぺんに気が楽になり、そう、と頷く。

「こっちだって体が目当てなんだから、深く考えないで、毎回会ったら車でホテルに直行でよかったのに、むこうが彼女にも私にも申し訳ないって悩み始めちゃって。いつもみたいにスタバで待ち合わせたと思ったら、そんな話されてさ。こっちはわざわざ美容院行ってから、会いに行ったのに。せめてタイミング考えろって感じだよ。なんでセックスじゃなくて、別れ話に時間とお金を割かなきゃいけないわけ」

ひどい言いぐさだったので、笑ってしまった。江梨子のグラスを見ると、ワインはそこまで減っていなかった。

酔いよりも怒りで興奮して喋り続けた彼女は

「まあ、でも長引くと、かえってよくなかったかもしれないけど。最初はお互いに謎が多いから楽しいけど、やっぱり目的だけの関係って、お互いを知れば知るほど冷めるところもあるし。本当に好きだったら最初から遊び相手に選ばないしさ。パートナーにも浮気相手にもなにかが足りないと思ってるからこそのバランスだしね」

と自ら納得するように結論付けて、こちらに話を引き戻した。

「瞳たちはどんなふうに会ってるの。やっぱり見られたらまずいから車でホテルに直行？」

「私たちは、そこまで、ちゃんと気を付けてないかも……むこうの仕事終わりに待ち合わせて、なに食べようか、とか話して食事して……それで、ホテルまでは手をつないでってよく考えたら危ないよね。あんまりちゃんと考えたことなかったけど」

と途中からひとりごとのように呟いていた。

江梨子が不思議そうな顔をしたので、なにかいけないことを言ったかと心配になって、どうしたの、と私は尋ねた。

「ねえ。それ、体だけっていうか、付き合ってるんじゃないの？」

「え？」

と私は驚いて訊き返した。

「そんなこと、ないと思う」

「なんで。だってさー」

と口に出した直後、奥歯を強く噛んだ。かすかに頭の芯が痺れる。

「だって、付き合うっていうのは好き同士ですることでしょう」

「好きなの？　瞳は」

と江梨子が驚いたように言ったので、私は不意を突かれて口ごもった。

「たしかにイケメンだったけど、それ以外はあんまり印象がないっていうか……でも、まあ、たまに会うだけなら顔が良かったら十分だもんね」

と彼女は一通り感想を述べた。私は曖昧に相槌を打った。

一度、シャワー後に寝転がった浅野さんの体に水滴が残っていたので、バスタオルで拭いてあげたら、やけに喜んでいた。そこで彼の足の裏まで拭こうとしたら、触れた甲があまりに薄くて、私は思わず動きを止めてしまった。

触れた指先に、切れそうな糸にも似た繊細さが引っかかったような気がした。

ねえ、という江梨子の呼びかけで、私は顔を上げた。

「ん？」

「正直、瞳がそんなふうになるなんて想像してなかった。本当は結婚に迷ったりしてるんじゃないの？」

ううん、と首を横に振ると、江梨子は勘が外れたことにがっかりしたのか、すぐにまた違う話を始めた。

パエリアの取り皿には海老とムール貝の殻だけが残った。

耕史君の帰りが遅い夜に、玄関を片付けるついでに、換気しようとしてドアを開けた。薄い闇が広がっていた。

なんとなく散歩したくなって、スニーカーを履いて、外へ出た。

近所の高校のグラウンドで鈴虫が鳴いている。自販機の明かりにたどりつき、喉の渇きを覚えて麦茶のボタンを押しかけ、スマートフォンにメールが届いたことに気付く。

文面を見て思わず、月、と呟きながら顔を上げた。

薄く引き伸ばした綿菓子のような雲が、風で少しずつ流されていく。月の片鱗《へんりん》がじょじょに現れる。

想像よりも、大きな満月が浮かんでいた。

私は息を潜めたまま、メールをもう一度読み返した。


『瞳さん、十五夜。

月が綺麗です。』


てらいのない文章に、かえってなんの意味もないことを悟る。

この人はきっと、月が綺麗、には、I Love You という意味があることなんて知らない。

それでも送り返した。


『ほんとだ。

月、私は好きです。』

故意なのか、ただ眠ってしまったのかは定かではないが、返事はなかった。

日曜日に、耕史君のお母さんが初めて新居に遊びに来た。

彼女は、夜は銀座に歌舞伎を見に行くからおかまいなくね、と言って、ソファーの上に若草色の革のバッグを置いた。

「気なんて遣わなくていいからね。お寿司《すし》の出前でも取る？」

台所にいた耕史君が、俺が昼飯作るから食ってよ、と忙しなく動きながら言った。

「おふくろと瞳はのんびりしてて」

と彼は気軽に言って笑みを浮かべたけれど、ソファーで彼のお母さんと少しだけ隙間を空けて喋るのはなかなかに気詰まりだった。

「今日は耕史さんが作ってくれるっていうので、楽しみにしていたんです」

と私が彼をたてると、彼女は嬉しそうに
「あの子、昔から器用だったのよ。でも片付けはできないから、かえって面倒じゃない？」

と話に乗ってきてくれた。

耕史君はつやつやとしたストウブの鍋にアクアパッツァを作った。その鍋はこのマンションに引っ越したときに、耕史君の元サークル仲間が贈ってくれたものだ。ル・クル

ーゼじゃなくて、ストウブだというのがポイントらしく
「ほとんど水無しで蒸せるからさ。旨《うま》みが出やすいんだよ」

と耕史君が力説すると、あら本当に美味しいわね、とお母さんも驚いたように誉《ほ》めた。

「うん、すごく美味しい」

と私も真顔で頷いた。

栗《くり》ご飯は私が炊いたものだった。硬い栗をよく剝いたと二人とも誉めてくれて、なんだか自分が二人の子供になったような錯覚を抱《いだ》いた。

「そういえば、耕史。滝口《たきぐち》君とか、もう一人のひとみちゃんは元気にしてるの？　式の余興やスピーチなんかも頼んでるんでしょう？」

と耕史君のお母さんが訊いた。

「うん。先週くらいに詳しい連絡して、滝口からは、式の前に打ち合わせかねてみんなでバーベキューでもしようって返事が来た。どうせひとみがやりたがったんだよ。あいつ、性格きついから、いつも男と長く続かなくて、そのたびに俺らに招集かけるんだよな」

「綺麗な子はね、余裕なのよ。いつまでも相手がいると思ってるんだから。そんなわけにもいかないのにねえ、瞳さん」

と話を振られて、私は、たしかに独身の子も大変そうですね、と無難な返事をした。

滝口君もひとみちゃんも、耕史君の高校のときからの友達だ。一度飲み会を開いたときに、私の友人たちよりもずっと声が大きかった彼らのことはよく覚えている。

「瞳も一緒に行くよな？　再来週の日曜に、山梨の渓流沿いのコテージでやろうって言われてるんだけど」

日曜日、と思わず心の中で呟いた。もし耕史君だけで行ってくれたら、初めて昼間に浅野さんと出かけられたりするのだろうか——。

だけどそんな妄想はすぐに打ち消して
「うん。行く。なにか持っていくものってあるかな？」

と訊き返すと、耕史君は、いい肉買って食べ比べしようよ、と朗らかに提案した。

「いいわねえ、若い人たちは。私も足腰が悪くなる前にアウトドアなんてしてみたいわよ」

と耕史君のお母さんが笑った。

「まだ五十代なんだから、無理しなかったら、今からだっていくらでもできるよ」

「だけど今、五十代で亡くなる人が多いのよ。まわりなんかでも、たいてい癌《がん》で」

私は眉根を寄せて相槌を打ち、そういえばうちの叔父もそうでした、と言った。

「そうだったわよね、ちょっと早すぎるわよねえ」

今年の春先だった。喪服だけでは肌寒く、だけどクローゼットには冬物のコートしかなかったので、なにも羽織らずに郊外の葬儀場へと向かった。

駅前は閑散としていて、バスはなかなかやって来ず、母と一緒にふるえながら面倒だと言い合った。

「耕史君も、仕事を休んで出席したいって言ってたんだけど」

と私が言ったら、母はあっさりと
「来てもらっても、気を遣わせるだけだし、来られなくてよかったんじゃない？」

と返した。

葬儀は私一人でいいと告げたとき、耕史君は信じられないという顔をした。

「だって叔父さんだろ。それって血縁者の中でも、けっこう近い関係じゃない。普通は俺も行くものじゃないの？」

まるで叔父の弁護人のごとく主張した彼に、私は困惑した。

元々の性格なのか環境かは分からないが、自分の親族が全体的に冷淡だということは昔から感じ取っていた。そして、耕史君は違うということも。

一方で、彼がそこまで主張することを私はそのときまでまったく想像していなかったのだ。

「でも、まだ結婚前だし。それに叔父さんってちょっと変わった人で、そのうえ昔から病気があったりして、正直まわりも苦労してたし」

病気、という言葉に彼は反応したように

「そんな気の毒な人なら、それこそ最後くらいは皆で送ってあげるべきだと思うけどな。本人もそのほうが成仏できるよ」

と言った。成仏、と私はうわの空で呟いた。結局、私側の親族の意向だから、と伝えて遠慮してもらった。

葬儀場では、みんながビールを飲みながら死んだ叔父のことを口汚く罵った。居心地が悪かったのでビールをたくさん飲んだ。本当は耕史君にできるだけ自分の身内を見せたくなかったのだと気付いた。帰り際に祖母と母が口をそろえて言った。

「耕史さんを大事にしなさいよ。今時、珍しいくらい男らしいタイプだし仕事だって申し分ないし、そういう人が瞳には合ってるよ」

そのときだけ明るい賛同の声があがった。私だけが笑わなかった。耕史君が男らしいことに別に異論はない。だけど、私に合ってるってなんだろう、と疑問を抱いた。今の私は、母たちが知っている私と本当に同じ私なのだろうか。

言いたいことを酔いと共に飲み込むと、猛烈なだるさだけが体を覆った。

夜になって戻ると、テレビを見ながら卵かけご飯を食べていた耕史君が顔を上げて

「もしかして飲んできたの？」

と驚いたように訊いたので、瞬時に酔いが覚めた。

「びっくりした。てっきり、しんみりして帰ってくると思ってたから」

この人にとってお酒は楽しいことでしかないのだ、と悟った。

アクアパッツァは少し鱗《うろこ》がじゃりっとしたけれど、美味しかった。スープの残った鍋を台所にいったん下げた。鱗の不快など言うほどのことじゃない、と考えながら。

耕史君のお母さんは歌舞伎が始まる二時間前に帰っていった。観劇仲間と待ち合わせをして銀座で買い物をするらしい。

玄関で見送った後、耕史君が感心したように
「おふくろって昔からどこ行っても友達が多いんだよなあ」

と言ったので、耕史君もそうだよ、と私は言った。

「そうでもないよ。大勢でなんとなくわいわい集まるのが好きなだけでさ」

居間に戻ると、魚の臭いが残っていることに気付いて、ベランダの窓を開けた。

向かいの家の庭には秋の花がたくさん咲いていて、その真ん中に老人が立っていた。日が暮れると金魚もよく見えない。

手すりを摑んで見下ろしていると、空を仰ぎ見た老人と目が合った。

私は会釈をして室内に引っ込んでから、耕史君に
「お向かいの家がね、水槽にいっぱいの金魚を飼ってて。世話とか大変じゃないのかなっていつも思ってて」

と説明した。

途端に彼は眉根を寄せた。

「向かいって、あの古い家だよな。俺も見たことあるよ。あんな汚い水槽に生き物を押し込めて可哀想《かわいそう》だよ。どうしてああいう人ほど面倒見られないって分かってるのに繁殖させるんだろうな」

物珍しげに観察していた自分が叱られた気がして、黙った。

夕飯は残ったアクアパッツァのスープで雑炊にした。


午後の陰り始めた寝室でシーツを掛け直していたら、突然、薬が切れたように浅野さんの体が恋しくなった。

いつだったか、浅野さんが言ったことがある。

「出会った翌朝に瞳さんから返信があったの、じつは、すごく嬉しかったです」

遮光カーテンの隙間から細く差す光に、なぜか泣けてきた。

今までだって男の人を好きになったことはある。耕史君を初めて紹介されたときだって、かっこいいし素敵な人だな、と思った。

そしてごく真っ当に段階を踏んできたし、逸脱やスキップまでして手に入れたいと思ったことはなかった。どうして浅野さんにだけ私が私でなくなってしまうのか、自分でも説明がつかない。

だけど。

月が好きだと返信して、二週間、浅野さんからの連絡が途絶えていた。

間違えた、と思うには、そもそも最初から正しいことなど一つもなかったのだ。案外、合コンで可愛い子と出会ってさくっと付き合い始めたのかもしれない、と想像だけで納得しようとしても、そのたびに全身が太い一本の神経になったように等しく頭のてっぺんからつま先まで痛んだ。

平日の日中は穏やかすぎて、誰からのメールも届かない。ゆっくりと死んでいくような時間帯だと思うようになったのは仕事を辞めてからだ。

耕史君が帰ってきたとき、私はベランダで慣れない煙草を吸っていた。コンビニで、覚えたての子供のような気分で購入した一ミリのピアニッシモを。

三回吸って吐き出しただけで、喉がじゃりじゃりと痛んだ。

鍵を開ける音がしたので、慌てて消した。

室内に戻ると同時に、耕史君が入って来た。おかえりと笑顔で出迎える。ただいま、と近付いてきた彼が表情を強張らせた。

「どうしたの？」

と先回りして尋ねると、いや、と彼は声を硬くしたまま着替えに行ってしまった。

なんとなく気まずい空気の中で夕食を取っていたら
「誰かと会ってた？」
といきなり張り詰めた声で訊かれたので、私はびっくりして、会ってないよ、と答えた。会えるものなら会いたいよ。そんな言葉を飲み込むと同時に
「嘘。だってさっき瞳から煙草の臭いしたじゃん。今時、煙草の臭いなんて外で簡単につくものじゃないだろ」
と言われたので、むしろ内心ほっとして
「ごめん、吸ってたの」
と正直に答えたら、今度は彼がすごくびっくりしたようだった。
「え、瞳って煙草吸うの？」
「ううん。大学生のときに、ちょっと興味本位で吸って以来。でもやっぱり向いてないみたい」
次の瞬間、耕史君が居間をぐるりと見回しながら
「ねえ、換気した？」
と訊いた。お茶を淹れかけた手が思わず止まる。
「うん、したよ」
「ならいいけど。ちゃんと歯磨きとかしたほうがいいよ」

反射的に噴き出しそうになって、だけどそれは泣きたい感情に近かったかもしれない。

ははは、と小声で笑うと、耕史君は不思議そうな顔をしてから、思い出したように言った。

「そういえば来週に出張入ったよ。名古屋まで行ってくる」

「そう。日帰りで？」

「今回は接待飲みもあるから一泊。もし地元のキャバクラとか連れていかれたら、ごめん。支社の人たちさ、俺たちをダシにして自分が行きたいんだよ。べつに俺は全然好きじゃないんだけど」

私は頷いた。たしかに心配はいらないだろう。この人はそういうものが好きじゃない自分に価値を置いているから。

「あっ、本当に心配しなくていいからさ。ちゃんと連絡入れるし」

そしてそれを私のためだと信じている。

「いいよ。雰囲気壊すといけないし。メールとかだけで」

瞳って優しいよなあ、と笑う耕史君を見つめながら、私はなにをしているんだろう、と混乱した。引っ越しや挙式のために使った貯金とか、数カ月後には皆の前で永遠を誓うこととか、親族との関係とか老後とか、愛情があるからこそ意味を持っていたはずじゃなかったのか。

耕史君が眠った後、居間の棚にある卒業アルバムを引っ張り出した。引っ越してきたときに耕史君が見たいと言って出して、そのまま置いていたものだった。

地味でひどい写真だから嫌だと前置きしておいたけど、耕史君はページを開くと同時に
「うわ、幼い。なんで、可愛いじゃん」

と無邪気に誉めたので、少しびっくりした。

あの頃は美術室くらいしか居場所がなくて、クラスで人気のある男の子たちからは名前すらろくに覚えられていなかった。社会に出て合コンや飲み会に参加するたびにそのことが過《よぎ》って、自信のなさから気を遣って大人しくしていたら
「瞳ちゃんって優しいね」

「家庭的で癒されるよ」

と言われるようになって不思議な気持ちを覚えた。教室の中で出会っていたら口もきかないような男の人たちから誉められるようになったことに。

だけど私だけが「優しくて家庭的で癒される自分」のことが分からない。きっとそんな自分には申し分のない生活を手に入れてしまった後も。

間違ってはいないという誰かの多数決だけで日々を送り続ける。

荷物の詰まったビジネスバッグ片手に
「じゃあ、行ってくるから」

と告げる耕史君を、朝日の中に送り出した。

居間のカーペットに掃除機をかけたとき、長い影が足元に差した。

顔を上げると、ベランダにいた鳩《はと》の影だった。私の視線に気付くと、驚いたように飛び立った。

床にしゃがみ込んでいた。膝を抱えて、途方に暮れた子供のように。

送ったメールには、自分でも嫌になるほどぎりぎりな気配が滲んでいた。それでも数分後に返信が来た。とっさに片手をつく。

『今日、了解です。ちょうど昨日出張から戻ってきて、いいタイミングでした。いつものバス停に八時くらいでもいい？』

ほっとしすぎて、なんだかもう会わなくていい気さえした。出張という単語に奇妙な偶然を感じつつ、涙の滲む目で画面を見つめて返事をした。

『大丈夫です。出張だったんですね。疲れてませんか？』

たった数分さえも永遠のように錯覚しかけたとき、浅野さんからの返事が届いた。

『うん。ただいま。』

反射的に打ち返していた。

『おかえりなさい。』

私は膝の脇にスマートフォンを置いた。

寝室に入って、椅子を引き、机に向かう。

この数週間ずっと手をかけていた、切れそうに細くつながった切り絵の隅を指でつまんで持ち上げる。

雪の中で遊ぶ子供たちが立ち上がる。クリスマスツリーやトナカイはまだこれからだ。今年のクリスマスに向けて、今までで一番細かなデザインにした。それくらいしなければ、とてもじゃないけど、日常をやり過ごすことなどできない。

クリスマスまで続いているかも分からない相手のために、真夜中にこっそり婚約破棄の慰謝料とか一人暮らしに戻るための引っ越し費用について調べていたことなど、どうして打ち明けることができるだろう。

色鮮やかな断片をそっとかき集めて、ゴミ箱に捨てた。馬鹿な考えごと手放すように。

日が落ちるのがずいぶんと早くなった。青い夜空には月が薄く透けている。

すっかり他人に戻っているかと思ったけど、スーツを着た人影が近付いてきて
「瞳さん。ごめんな、待たせて」

と声をかけられた瞬間、自分でも動揺するほどの懐かしさが滲んで、笑顔すら作れな

かった。浅野さんの首筋は最後に会ったときよりも日に焼けていた。

当たり前のように歩き出して、近くのホルモン焼き屋に入った。

横並びになって、煙るテーブルの上の七輪でハラミやホルモンを焼いた。

焦げかけたネギをひっくり返しているだけで嬉しかった。やっぱり味はよく分からなくて、かたい、とか、しょっぱい、とか、半生みたいな最低限の情報以外は脳のすべてが浅野さんに向かう。

「じつは、もう会えないと思ってた」

浅野さんがそんなことを言い出したので、なにを言っているのかと耳を疑った。

「一度、瞳さんにメール送ったら、はねかえってきたから」

え、と訊き返す。箸を持ったまま記憶をたぐったものの、心当たりはなかった。

「ああ、これもう連絡取れないやつだと思って。電話しようかとも思ったけど、今まで気を遣って無理に付き合ってくれてたなら悪いな、と思って」

そんなこと、と言いかけた言葉を飲み込む。胸が熱いのかまぶたが熱いのか定かじゃなくなり、私は泣きそうになって笑いながら首を横に振った。

「全然。原因は分からないけど、こっちも連絡ないと思ってたから心配でした。むしろ浅野さんがもう会う気がないんだと思ってた」

そう本音を口にすると、浅野さんもほっとしたように笑った。

「なんだ。同じように気を遣って擦れ違ってただけか。じゃあ、明日からまた普通に送るよ」

繁華街から仰ぎ見る夜空は中途半端に青かった。薄い月は割れたように歪《いびつ》に欠けていた。

いつものホテルが自宅のように感じられるほど、私も浅野さんも無防備に服を脱いだ。体が痙攣《けいれん》するたびに腰が離れそうになるので、浅野さんはいっそう深くしてきて、私はその肩に顔を埋めて、薄茶色い日焼けの沈着を網膜に焼き付けながら、どうしてこの瞬間に隕石《いんせき》衝突とか地球爆発が起きないのだろうと思った。

こんなに好きな人とセックスなんてしたら、地球が真っ二つに割れるくらいじゃないと到底取れないじゃないか。採算とか、バランスとか、代償とか、そういうぜんぶが。

目を開けると、浅野さんがまっすぐに見下ろしていた。いつも顔を伏せていることが多いので、びっくりして呼吸が止まりかけた。瞳さん、と囁く声がした。

「もう会えなくてもよかったの?」

えっと驚いて訊き返すと、腰の動きが強くなってとっさに奥歯を嚙む。無言で首を横に振ると、また同じことを訊かれた。

「よくない」

会いたかったと絞り出すように告げるとキスされた。それでも浅野さんからの言葉はなかった。

シャワーを浴びてバスローブを着て浴室から出ると、きちんと中心線のところで折られたスーツのズボンがハンガーに掛かっていた。

ベッドに寝転がった浅野さんは上半身裸で寝息を立てていた。テレビがつけっぱなしになっている。夜十時台のニュースはシリアスな話題ばかりだ。

痩せているわりには胸筋がちゃんとあるなあ、と余韻に浸りながら、となりに滑り込む。

彼が薄目を開けたので、起こしちゃった？　と私が焦って尋ねると、笑ったまま抱き寄せられた。

熱い胸に顔を埋めると、ちっとも落ち着かなかった。緊張と気遣いで萎縮してリラックスできない。

軽く離れると、ほっとして、またすぐに心地悪い腕の中が恋しくなる。

「人と一緒に眠るの、慣れてないから難しいな」

と彼が冗談めかしたので、私は思い切って
「浅野さんって前はどんな人と付き合ってたの？」

と訊いてみた。途端に、彼はおおげさに噴き出した。

そしてすべてを受け流すように

「もしかしたら、今まで本当の意味で付き合ったたって言える相手はいなかったかもしれないです」

と呟いた。

だから私なの？　と続けざまに訊きそうになって飲み込む。

彼が話題を変えるように
「ねえ、瞳さんのこと語って。俺のことはいいから」

と言った。

真似《まね》するように、ねえ、という問いかけが心のうちにだけ響く。

浅野さんは本気で誰かを好きになったことはある？

私のことをどう思ってるの？

彼が眠ってしまうと、私は起き上がってバスローブを床に落とした。散らかっていた下着や服をかき集めて身に着ける。浅野さんの膨らんだ鞄がソファーの上に置かれていた。

江梨子は、なにかが足りないからこそ、遊びだからこそ選ぶ相手だと言った。

それなら最初からすべて欲しくて好きになってしまった人にはどうすればいい。

もう一度、ベッドに歩み寄る。浅野さんは目を閉じたまま笑って、抱き付いてくる。

キスすると、唇が離れた瞬間にもう一度したくなり、くり返した。

短く息をつくと、浅野さんが大きな目を開いて当たり前のように
「そろそろ帰る時間？」

と訊いた。その瞬間、泣きそうになった。

「ううん。やっぱり今日はゆっくりしていく」

と私はふたたび薄手のニットを脱ぎながら宣言していた。浅野さんはひるんだり、はしなかった。低い位置から脇腹にキスされて、呼吸が乱れる。浅野さんがふいに笑った。嬉しそうに、無邪気な少年のように。

触れ合うことが楽しくて仕方ないというふうに入ってきた彼を見上げると、瞳さん、と真顔で呼びかけられて、なに、と訊き返した。

「色んなことを、助けてもらってる気がする。瞳さんに」

刹那、まぶたの裏が破裂したように真っ白になった。

ごまかすようにしがみ付いて鎖骨に顔を埋めながら、水槽の中で酸素を送り続けられる金魚のようだ、と思った。逃げ場がなくて偽物の空気を吸ってはぐるぐると家とホテルを回遊し続ける。

浅野さんと二回した。そして抱き合ったまま、気を失うようにして眠りについた。

初めて彼に出会った晩から、私は私じゃなくなった。

もうじき結婚するのに、初対面で泊まろうと持ちかける男性と番号交換なんてどうかしていると思った。何度も怖気《おじけ》づいて消しかけた。

会う約束の日は緊張しすぎて、浅野さんの仕事が終わるまで、早い時間から開いているバルでひたすらワインを飲んでいた。ふるえる足元から酔いが逃げていくようだった。あとは断片的にしか覚えていない。

球場のようなライトに照らし出されたビアガーデンのにぎやかさ。ガタつく白いテーブルセット。二十日間のあいだに伸びた前髪からのぞく懐こい瞳。痩せていると思っていた肩には案外、男性的な厚みがあった。持ち上げるたびにジョッキから滴る水滴。冗談の合間に、このあと部屋に遊びに行ってもいいですか？　とそのときだけ慎重に訊かれて、無理、と即答したこと。

感染したように寒気と火照りの止まらぬ体を抱えて

「だから泊まれる場所に行きたい」

と告げたときの私は、いったいどんな顔をしていたのだろう。

ホテルのバスルームの壁に、とっさに両手をついた音は殴ったように強く響いた。背後から抱きしめられて、このまま入れたい、と言われた。だめだと断ったけれど無視して入ってきた。快感は許容量を超え、脳が何度も破裂したような錯覚をおぼえた。

「分かった、家に男がいるな」

ベッドでもつれあっている最中に、突然、問われた。

仰向けで見上げると、彼は先回りするように
「なんとなく、分かります。そういうこともあるって」

と柔らかく言って、それ以上訊かなかった。

あのときの彼が安堵《あんど》したのか、少しはがっかりしたのかを確かめる勇気はなかった。

つながった瞬間からどん詰まりにいる私は、突然終わる日が来るまで浅野さんと戯れることしかできない。その関係を、私たち、とくくることすらできない。でも本当は誰もが他人で、どうやったって、くくることなんてできないはずなのに。

そんな私のすべてを、浅野さんが知ることはない。

きっと遠くはない、別れの日まで。


初めて二人で一緒にホテルを出て、朝の空気を吸った。

昨晩と同じ格好なのに、まっすぐに歩く浅野さんはクリーニングから取ってきたばかりのスーツを着ているみたいに見えた。

「なんか、新鮮ですね」

彼が真顔で呟いた。少し距離を取っているのもあって、出勤前にばったり会った上司と部下のようだった。

繁華街の路上に白いものが散らばっていた。気を取られて、目を凝らす。夜の仕事を終えた黒服の男たちがあくびしながら、店の前を片付けている。

風が吹くと、足元に押し寄せてきたのは花びらだった。リボンも解《ほど》かれていない真っ白な薔薇《ばら》の花束が道の隅に打ち捨てられていた。

「こういうの、きっと忘れないんだろうと思う」

と私は浅野さんに思わず言った。

「朝帰りして、薔薇の花が散った道を一緒に歩いたこと」

浅野さんは一言だけ
「きっと、そうですね」

と頷いて、返した。

それから黙って、また歩き出した。ちゃんと私の歩調に合わせてくれながら。


森の中のテラスは、すぐに焼けた匂いでいっぱいになった。

皆がトングで次々と肉や野菜をひっくり返しては紙皿に盛り、流れ作業のように手渡していく。

私も割り箸を配り、合間にたくさんビールを飲んだ。耕史君の友達はみんな食べるよりも飲むよりも、お喋りに夢中だった。

中心でとくに盛り上がっているのは、私じゃないほうのひとみちゃんだった。

年齢はほとんど変わらないのに、薄手のタイツの上にショートパンツを穿《は》いて、むっちりとした太腿を惜しげもなくさらしている。同性から見れば強気すぎるほど狙ったような格好に、ワンレンのボブなんていう美人しか似合わない髪型で、男性たちに肉を焼いては配っている。ビールを注《つ》ぐタイミングも的確で、なに一つ太刀《たち》打《う》ちできない外見と気遣いを遠目から見ていると
「山瀬《やませ》は昔から起業する男だと思ってたんだよ」

と耕史君が感慨深そうに言った。

「高一のときの自己紹介って覚えてる？　山瀬君の将来の夢、すごかったよね」

美人のほうのひとみちゃんが笑って、耕史君の肩を叩《たた》いた。

「なんだっけ？」

「デイトレーダー」

「それ絶対に意味分かってないだろ。あいつ」

と言い合う彼らは学生のままのようで、そのうちサッカーでもしようなどと言い出しかねないと思った。

話が一区切りつくと、耕史君が嬉しそうに私に近付いてきて囁いた。

「学生時代からの友達の中に瞳が交ざってるって、俺なんか嬉しいよ」

ありがとう、と答えながら、学生時代、と心の中で思った。行事やイベントはすべて派手なグループの子たちのものだったことを。

誰に集中していいものか分からず、肉も会話もお酒の味もすべてが日差しに溶けていく。

私はちらっと美人のほうのひとみちゃんを横目で見た。彼女はご機嫌でずいぶん昔流行ったアイドルグループの歌を口ずさんでいた。小さい頃に実家で音楽番組を見ていた記憶が蘇《よみがえ》り、そのときだけは同世代だという実感が湧いた。

もうちょっとましな顔なら
もうちょっと本気で私　愛してくれたの

強烈な歌詞を飲み込んで気持ちが溢れそうになった瞬間、耕史君の友達がとんでもないことを言った。

「ひとみー、なに浸ってるんだよ。もしかして耕史を好きだったの思い出した?」

どっと笑い声が上がって、ひとみちゃんと耕史君だけが一瞬動揺したように視線をさまよわせた。私は呆然《ぼうぜん》として、耕史君の服の袖を引っ張った。

彼はその場からさりげなく離れると、違うんだよ、と否定した。

「高校のときに冗談で、告白みたいなことがあっただけで。今みたいにまわりがふざけて悪ノリしただけ。昔の話だよ」

私は、そうなの、とだけ告げた。それから手を離し、テラスの隅に置いてあったバッグまで近付いていった。

スマートフォンを見て、すぐにしまった。

散歩のふりをしてテラスの階段を下り、草花の繁《しげ》る小道をゆっくりと歩く。遠ざかる耕史君たちの笑い声を聞きながら、叫んでしまいたい、と思った。

今すぐ会いたい。触りたい。話をしたい。声を聞きたい。私をどう思っていますか。永遠に浅野さんに訊けない質問だけが空転し続ける。耕史君を責めることなんてできない。たとえ私と同じ名前で、自分のことが好きだった美女と私を平気で同じ場にいさせて楽しめる人でも。

あのとき浅野さんが最初に江梨子ではなく、私に声をかけてくれたならどんなに良かっただろう。怖かったのだと気付く。体以上の関係になんてなれないと思った。だから。

耕史君が呼んでいる声がする。誰かが本当にサッカーするぞと言い出して、ばたばたと階段を下りる音も。

都会よりも遥《はる》かに大きな蝶《ちょう》が足元から飛び立ち、蒸れた土の気配を感じながら、浅野さんとセックスした罰は、誰にも寂しいと言えないことだと悟った。

誰かが蹴ったボールが転がってきて、私は笑顔を作りながら、生まれて初めてサッカーボールを蹴飛ばした。

俺だけが知らない

雑談にまみれているうちに酔いがまわってくると、胃が痛んだ。

深く息を吸うために視線をあげる。壁に貼られた手書きのメニューがかすんでいた。どうやら今夜も飲みすぎたと気付く。

山崎《やまざき》のつるんとした手からメニューを受け取り、一通り選ぶふりをしてから

「だいぶ飲んだから、そろそろ行こうか。女の子にでも声かけよ」

と告げると、入社二年目の山崎は覇気のある声で、はいっ、と笑顔を見せた。

チェーンの居酒屋を出ると、大通りはだいぶ人が減っていた。火曜日の夜では無理もない。この狭い街で、繁華街らしい通りはかぎられている。

若い子たちが集まるHUBに寄り、ビールジョッキ片手に山崎と店内を見回した。

「あの子たち、いけそうじゃないですか」

見るからに会社帰りのトレンチコートを羽織った二人組を指さして、山崎は耳打ちした。どちらも肩までの黒髪で、容姿はそこそこだった。自分よりは年下だが、山崎よりは年上。二十代後半といったところか。

人の良さそうな眉を持ち上げて期待を隠そうともしない山崎をちらっとうかがう。取引先のお偉いさんのウケは抜群にいい山崎だが、女の子にはまったくモテないんですと

しょっちゅう嘆いている。

　声をかけると、彼女たちはくすくすと笑いながらも、それなりに話に付き合ってくれた。ビールを奢って、いぇい、と適当な声を発して気を配っているうちに、自分がどこにいるのか分からなくなってくる。

　また胃が痛んできてカウンターに肘をつくと、女の子の一人が口説かれると誤解したのか、なんですかあ、と冗談めかして訊いた。なにか気の利いたことを言おうとして、思い出す。


　――足、すごい冷えてる。忙しいだろうけど体に気をつけて。


　深夜、シーツの上に放り出した俺の踵に触れて、瞳さんはそう言った。

　なにも答えずに、足を摩《さす》る手の体温を感じていた。彼女がどんな顔をしていたのかは思い出せない。翌朝にホテルから出たとき、道端に散らばっていた花が何色だったかも。

　仕事以外では、いつもだいたいの輪郭が滲んでいる。自分の輪郭さえも、そこにあるのだか分からなくなる。

　終電を気にしたのか、女の子たちが突然、そろそろ帰ります、と言い出した。一応連絡先を尋ねたものの、彼女たちは曖昧に笑いながら首を傾げただけだった。

二人組が去っていってしまったので、カウンターテーブルに肘をついて
「帰るか」
と声をかけると、山崎は一瞬だけ迷ったように黙ってから、がばっと顔を上げて
「俺、送っていきます！」
と果敢に店の外へと飛び出していったのを、俺は笑いをこらえながら見送った。

瞳さんに会ったのは、山崎が腹痛を起こして先に帰ってしまった雨の夜だった。なんとなく宙ぶらりんな気分になり、迷った末に一人でＨＵＢに寄った。

警戒されないように二人組に声をかけた。純粋に暇つぶしのつもりだった。片方は饒舌《じょうぜつ》で美人だった。もう一人もそこまで悪いわけではないが、気を遣って付き合っているだけで奥手そうに見えた。

だけど美人が急に慌ただしく帰ってしまうと、テーブルの下でなんの迷いもなく俺の手を握ってきたのは奥手そうなほうだった。

自覚的ともいえる色気が滲む眼差《まなざ》しを向けられて
「まだ飲めますか？」
と訊かれた。いける、と思ったら、やる気が出た。それですぐに頷いた。

ビールのおかわりを頼むついでに名前を尋ねたら、瞳です、と答えた。おそらく年下

だろうと思ったが、年齢を訊くのも失礼なので、瞳さんお酒強いな、と言ってみた。

「酔ってますよ」

と答えた口調は鮮明で、だけどその晩は結局キス一つさせてくれなかった。

だから次に会ったとき、むこうからホテルに誘われたのは意外だった。面食らいながらも、気が変わらないうちにと手をつないで路地へと向かった。胸は小さかったが、肌は綺麗だった。

出会ったばかりのわりには肌が合うので楽しくなって、最後に暗い浴室で熱い湯を浴びながら後ろからするときに「つけないと」と遮るのを押し切ってしまった。ずっと、つけないでやってみたいと思っていた。その願望には奇妙な執着があった。でもその正体を突き詰めたことはない。

瞳さんの尻に射精すると、急に酔いが戻ってきて朦朧《もうろう》としかけたけど、なけなしの余力でシャワーヘッドを掴んで彼女の体を洗い流した。

湯気の立ち込めた闇の中で、あったかい、と呟く声がして、声が綺麗な人だったんだな、と思った。

俺だけがベッドに倒れ込んだとき、彼女が素早くバッグに駆けていってメールをチェックした。それで、なんとなく察して、彼女がベッドに戻ってきたときに男がいるのかと質問してみたら、半ば肯定したような沈黙だけが返ってきた。さすがに結婚はしていないだろうが、同棲相手はいるようで、そう考えると謎めいた言動の辻褄《つじつま》もあった。

男がいる女の人とこんなことしたのって初めてだな、とぼんやり考えながら、いつしか眠り込んでいた。

朝になると瞳さんは消えていて、俺の脱いだ服だけがハンガーに掛かっていた。


エスカレーターを上がった新幹線のホームは、珍しく人の列が乱れていた。

山崎が律儀に一番後ろまで歩いていったので、おまええらいな、と誉めると
「俺、当たり前のように割り込みするやつとか本当に嫌なんですよ。どうしてそんなことできるんだろうって不思議なんですよね」

と言われたので、割り込み、と心の中で呟く。

「浅野さん、もしかして昨日と同じワイシャツですか?」

と山崎が嬉しそうに訊いた。まさか男に気付かれるとは思っていなかったので、反射的に、あ、おう、と素直に頷いてしまった。

「昨日は処理終わらなくて、終電逃して近くのカプセルホテルに泊まったんだよ」

「えー、本当ですか? 浅野さん、モテるからなあ」

「本当にモテてたら、結婚してるよ。この前、追いかけていった子どうした?」

「いやー、なんかこの前飲みに行ったら、取引先のSEが好きとかで、男の意見を聞か

せてくれとか言われてマジでへこみました。彼女欲しいですよー」

彼女か、と呟きながら、ドアの開いた新幹線へと乗り込む。

弁当の袋を鳴らしながら指定席にたどり着き、山崎と横並びで座ってから、ようやく足を伸ばした。最近のカプセルホテルはそこそこ快適になったものの、やはりどこか眠りが浅い。

発車ギリギリになってから、大学生らしきカップルが乗ってきて、通路の反対側の席に滑り込んだ。山崎がちらっと視線を向ける。冗談みたいに可愛い女の子だった。生き生きとした表情で彼氏に喋りかけている。

たとえば、ああいう子が目の前に現れて
「浅野さん、今夜ごはん行きません？」

と誘ってきたなら話はべつだが、今はそれなりに充足しているからか、欲望が一段落しているようにも感じた。

もともと結婚願望が異様に薄い。それなら山崎みたいな部下を育てるほうが有意義な人生だという気がしてしまう。

「浅野さんって、会社の人たちが家族ですね」

と指摘したのも瞳さんだった。最後に会ったのはいつだったか。

給料日前は誘うのがキツいので、月の中旬から終わりにかけては間が空く。だけど文句を言われたこともなく、連絡するといつも落ち着いていて優しいので、ほかに男のいる女の人ってこんなに安定してるのか、と最初は驚いたものの、正直、気は楽だった。

案外ほかにもまだ男がいるのかもしれない、あの人意外とエロいしなあ、などと考えていたら
「浅野さん、弁当の箱捨ててきますよ」

と山崎が言い、礼を告げるよりも先に車両を出ていった。

視線を向けると、窓の外は田園風景だった。となりのカップルに刺激されたのもあって人肌が恋しくなり、出張帰りに今度はちゃんと土産でも買ってから瞳さんに連絡してみようと思った。


まだ火の付いていない網を見下ろして、珍しく遅れてるな、と俺がメニュー片手に考えていたら
「ごめんなさい、遅くなって」

と息を切らした瞳さんがテーブルの脇に立った。おつかれ、と笑って、座るように勧める。

向かい合った彼女の目元に、視線を留める。

「あ、もしかして寝不足?」

と思わず訊くと、瞳さんはびっくりしたように、えっ、と声をあげた。

「ごめん、気のせいでしたか」

「あ、ううん。ちょっと昨晩遅くまで起きてて。気付かれると思ってなかったから、びっくりした」

瞳さんは本気で戸惑ったように顔を赤くした。とっさに冗談めかして
「そんなにびっくりされたら、俺がいつも全然見てないみたいに思えるよ。瞳さん」

と返すと、彼女はメニューから顔を上げて、ううん、と首を横に振った。

「浅野さんは言葉にはしなくても、ちゃんと見てる人だと思う」

不意を突かれて、今度こそ返答に詰まった。

「そう、かな」

「うん。あ、ビールにしますか？　私は、レモンサワーにしようかな」

じゃあ俺も、と便乗して注文する。たっぷりと飲み口に塩が付いたジョッキで乾杯した。とっくに夏が終わった胃にレモンサワーは少し冷たかった。

外の通りはもう紅葉しかけているのに、海の家みたいな店内で蛤《はまぐり》やらイカやらを網で焼くのは、ちぐはぐだけど面白い。蛤が汁を噴き出してふるえ始めると、瞳さんは素早くトングを手にした。

「前に話してた仕事は落ち着きました？」

蛤をひっくり返しながら訊かれて、俺は誰に決定権を持たせるかで揉《も》めていて上手くいかない話をした。

瞳さんは真面目な顔で聞いていた。今夜はなにしようかな、と考えたら酔いが回って気持ち良くなってきた。

今日も朝までいられるという彼女と、風呂場やベッドでいちゃいちゃしては休憩して、ちょっと話してふざけてはまた抱き合った。

果てて明かりを消す頃には、夜が明ける時間が近付いていた。

明日が土曜日でよかった、と思いながら、なぜか隙間を空けて寝ようとする瞳さんを抱き寄せる。

「瞳さん、冷たい」

とふざけて非難してみせると、ちょっとだけ笑われた。

「浅野さんが眠りにくいかと思って」

と言われながら遠慮がちに手をつながれて、不思議な気持ちになって天井を仰ぎ見る。

正直、夏前に声をかけたときにはこんなに続くと思っていなかった。遊びの場で知り合った女の人なんて、こっちの話は九割以上聞いていなかったりする。最初は普通の女の人だと思っていたけど、瞳さんみたいな人はいそうでいない。

たぶん人並みぐらいには気に入られているのだろう。かといって付き合ってほしいとか遊びなのかと詰め寄られることもないので、本気とまではいかない程度なのだと理解していた。実際、外見が好きだと言って近付いてくる女の子には、「会ってるときは楽しいけど、でも、なにかが足りない」と言われることも多い。

だから、きっとこの人も、時々、自分と会うことで刺激を得られるくらいがいいのだ。

早朝の繁華街は白く靄《もや》がかかって、あまり清々《すがすが》しくなかった。あくびを堪えながら、瞳さんを送ってバス停まで歩いた。空気を吸い込むと、喉の奥までひんやりとした。

「次はたぶんもっと寒くなってるから、昨日話したモツ鍋屋行きましょうか？」

と確認するように訊くと、瞳さんは迷いのない声で、うん、と答えた。

駅へ向かう途中、ようやく大きなあくびをした。瞳さんも今頃おんなじようにしてるのかもしれないな、と考えながら。

昼が来ると、新しいプロジェクトチームのメンバーと近くのビルのカレー屋に行った。

スプーンですくいかけたとき、ふいに一人が

「そういえば冴島《さえじま》さん、癌だったんだって」

とこぼした。男たちがそろって眉根を寄せて神妙な顔をした。短く息を吐き、マジか、と呟く。

「こんなことを言ったら、本当にあれだけどさあ、仕事できる人ほど倒れるって、やり

切れないよな」

ぎゅっと目をつむったまま言い切った相手の顔を、俺は一瞬だけ強く見た。

「浅野さんはなにも引っかからなかったですか？　健康診断」

と山崎が心配そうに訊くので、可愛いやつだな、と思いつつ答える。

「肝臓の数値だけちょっと上がってたから注意受けたくらいで。それも正常の範囲内だし、問題ないよ」

「そうですか。よかった」

「浅野は、本当にそろそろ結婚でも考えようよ。やっぱり違うよ。体のことを考えてくれる相手がいると」

そう忠告してきたのは、三年前にデキ婚した同期だった。俺が異例と言われる早さで役職についてからは二人で仕事の話をすることはほとんどなくなり、代わりにむこうの家庭の話ばかり聞かされている。

「そりゃあ、小林《こばやし》みたいに素敵な奥さんがいればべつだけどな」

家庭の幸せとやらを羨むのが自分の役目だということは分かっている。だけど実際はちっとも眩しく感じられない。

自分を抑制して仕事よりも家庭が大事と言う同世代の姿は、どこまでが本音でどこまでが嘘なのか、俺には知る由もない。

「冴島さんもずっと一人だったからなあ。付き合いはいい人だったけどさ、だいぶ無理してたよ」

と呟く同期を眺めながら、半分ほどカレーを食べすすめたときにスマホが鳴った。

嫌な予感がしつつも、無視するわけにもいかずに混雑した店内を抜けて、扉の外に出た。濃く湿った匂いが鼻を塞ぎ、冷気が首から滑り込んでくる。

見上げると、ビルは真ん中が空まで吹き抜けになっていて、目の前に滝のような雨が降っていた。霞んだ景色の中に、嫌になるほど聞き慣れた声だけが響く。

「悪いわね！　仕事中に」

ちっともそんなふうに思っていないように聞こえたものの、気を遣われたからには否定しなければならず

「いや、大丈夫。どうした」

と返した。

「あの子、昨日、救急車で運ばれたのよっ」

なんで、と小声で訊き返すと、面接が嫌だったんじゃないの、と母は投げ出すように言った。

「だからね、仕事の帰りに病院に寄ってあげてくれない？　私、今日は残業で寄れないから。入院費だってかかるし、どうしたらいいか分からない。もう、いっそ親子で無理

心中でもしちゃおうかしら」

一瞬、心中、という単語に不安よりも煩わしさを覚えたことに、数秒遅れで罪悪感が押し寄せて

「んなこと言うなって」

と宥《なだ》めると、あっさりと、冗談に決まってるでしょう、と返された。

「俺も藍《あい》の様子は、見に行くから」

「そうしてやってよ。お兄ちゃんなんだから」

俺は兄であって二人の保護者じゃないよな？　という一言はブラックホールにガムの包み紙を投げるようなものだと分かっているので口にしなかった。

電話を切るとどっと疲れが押し寄せた。雨に背を向けて扉を開ける。

ほかのやつらは食事を終えてコーヒーを飲んでいた。残りのカレーは食う気になれず、皿を下げてもらった。

ベッドにいた藍の肩の包帯は、そこまで大げさなものではなかった。そのことに少しだけほっとしながら、持ってきた紙袋を見せる。

ぼうっとしていた藍は、表情を緊張させて俺の顔色をうかがった。変に童顔で血の気のない顔は二十代半ばには見えない。

両親が離婚したとき、藍は父親についていくことを望んだが、父の愛人がそれを拒否した。

自分が家庭を壊したのに母親になれる自信はない、と愛人が言うのはまあ仕方ないし、俺としては正直な理由だと思ったけれど、娘の選択に傷ついた母親と取り残された藍の仲まで険悪になった。

とにかく家を出たいと主張した藍は、結局、大阪の全寮制の私立高校に進学した。さすがに責任を感じたのか、入学金や学費はすべて父親が出した。

とはいえ慣れない土地で上手くいかないところもあったのか、そのまま大学には上がらずに、高校卒業して東京の実家に戻ってからは、バイトしては辞めてを繰り返している。

「適当にサイズを見て買った着替えと、漫画。ここでいいか？」

と俺はベッドの下に紙袋を置いた。

藍が小さく頷く。消灯間近の病室には俺の声だけが反響している。

「鎖骨、折ったって？」

「うん」

藍はうつむいたまま答えた。どういう暴れ方をしたら自分の鎖骨を折れるのか、俺には想像がつかなかった。

「どおした、面接に緊張したか？」

励ますために笑って訊くと、藍はかすかにふるえて泣き出した。違うのっ、と強い口調で訴えて首を横に振る。

「私、ちゃんと行くつもりで支度してて、スーツだって買いに行くって言ってたのに、急にお母さんがそんなのいらないからお金なんか出さない、だいたい前日に買いに行くなんて就活を舐めてる、社会に出てきちんと働けるわけないって言い出して……私の部屋のタンスや押入れを開けて、喪服でいいだろうって言うから、それこそ非常識だって言ったら、また怒り出して。それで、私も嫌になって、たまたまひっくり返した棚から……昔、お兄ちゃんが筋トレにハマってたときの鉄アレイが落ちてきた」

まさかそれで俺にも非があるというつもりではないだろうが、母親が電話してきた理由はなんとなく察した。

「そうか」

「お母さん、年々キレやすくなってる。いいかげん、家を出たい」

「本当に、そうだよな。困ったときは俺の部屋に来ていいから」

分かったと頷く藍を宥めてから、また明後日《あさって》くらいに来ると告げて、通路を戻って裏口から出た。

ひとけのないターミナルを迂回《うかい》してタクシー乗り場へと向かいながら、夏のボーナス残ってたよな、と計算した。

ようやく自宅のアパートに戻ると、スーツをハンガーに掛け、台所で立ったままカップ麺を食って、顔だけ洗ってベッドに転がり込んだ。

月明かりの下、瞳さんはバス停のベンチに腰掛けていた。薄暗い中で文庫本を捲っていたので
「読めてる？」

と後ろから声をかけると、本気でびっくりしたように息を詰まらせてから、恐る恐る振り返って
「浅野さん、すごい、びっくりした」

照れたように切れ長の目で笑った。気が緩むと同時に、いっぺんに蓋が開いて疲労が出たような気がした。

「浅野さん、なに食べますか？」

上手く思考が回らず、なににしよ、と返しながらも目を擦《こす》る。胃は空っぽなのに食欲が湧かない。循環しそこねて行き場をなくした血が下半身に溜まったように性欲だけが強くなっていた。

歩きだした瞳さんが通り沿いの店のショーウィンドウへと視線を向けた。

なにかと思ったら、子供服のブランドの路面店だった。窓に葉脈の透けた黄色と赤の紅葉《もみじ》の切り絵が飾られていて、それがあまりに精巧にできているので
「すげ。あれ、綺麗ですね。本物みたいで」

という感想を漏らしたら、彼女が動揺したように視線をそらした。

十秒間くらい考えてから、まさか瞳さんに子供が、と思いかけたときに
「あれ、じつは私が作ったんです。頼まれて」

と切り出されたので、二重にびっくりした。

「え？　そんな仕事してたの。瞳さん」

彼女は照れくさそうに小さく頷いた。もう一度店を振り返る。遠ざかった分、よけいに本物らしく見える紅葉の切り絵にすっかり感心して
「すごいな。他のも見てみたいですね」

と告げると、彼女は思い出したように、じつは今度個展に参加しないかって誘われていて、と打ち明けた。

「個展っ？」

「あ、でも私の単独じゃなくて、グループ展の一人として。場所が京都のギャラリーだから、どうしようか迷ってて。いつも取り次いでくれる人に作品を渡すだけだったから、搬入作業とかもよく分からないし」

「ちょっとそういうのはよく分かんないけど、ああいうのがたくさん並ぶなら、見に来るひとはすごく楽しいと思います」

そっか、と瞳さんは真顔で頷いた。なんだか初めて彼女の素の表情を見た気がした。他愛ない会話でますます気が緩んだせいか、残りの疲れがどっと出た。

「浅野さん、疲れてる？　やっぱり今日は帰りましょうか」

心配そうに立ち止まった瞳さんに、迷いながらも、正直に打ち明けた。

「今日飯食わないで、ホテル直行したら怒りますか？」

瞳さんはちょっとだけ驚いたように黙ったけど、すぐに首を振って、怒らないです、と柔らかく言った。そうだ、俺は知っていた、と心の中で呟く。この人が怒らないことを。

「その代わりコンビニで飲むものとか買っていい？」

うん、と相槌を打ってコンビニの中へと吸い込まれる。カップ焼きそばやら缶酎ハイやら、大学生みたいな買い物を済ませてホテルに入った。

電気をつけずに風呂に一緒に入り、控えめに膨らんだ胸やほっそりした太腿を撫でてから、すぐに入れた。もう濡《ぬ》れていた。立ったまま抱き合うと温かくてすぐにでも出そうになったのでちょっと入れては抜く、を繰り返していると
「大丈夫な日だから最後まで、して」

と了解を得たので、こっちが風呂場の椅子に腰掛けて上から乗ってもらう。遠慮がちに腰を落としてきた瞳さんの背中はよけいな肉がなくて、胸や尻だけが柔らかかった。奥まで突くたびに耳元で掠《かす》れた声がした。頭ごと抱え込むようにして果てた。

目を開けると、明るいベッドの上にいた。

ソファーのほうを向くと、部屋着を羽織った瞳さんがカップ片手にこちらを見た。

「あ、起きた。眠いかと思って」

と笑う顔を見て、今晩もまだいてくれたのか、と思った。

瞳さんとは、恋でもなければ愛でもない。それは自覚があって、そういうものを自分が求めていないことだけは分かる。これ以上なにかを動かしたり変えたりする意思は、自分の中にまったくないことも。

それでも時折こういう瞬間があるから、この人に会いたくなるのかもしれない。

枕元のスピーカーから有線が流れている。ＢＧＭとして聴き流していたら、瞳さんがぱっとベッドに駆けてきて

「あ、サカナクション」

となりに寝転がりながら言われた。よく知らないので答えようがなかった。流行りの音楽を聴かなくなってから何年経つだろう。

「詳しいね」

と感想を告げると、彼女は、家にいる時間が長いから、と答えた。そうなのか、と急激に現実に引き戻される。結婚しているわけでもないのに、男の夕飯作ったり帰りを待ったりしてるのだろうか。

もぞもぞと掛け布団の中に入ってきた瞳さんを背後から抱きしめて胸を揉む。この人の首の付け根は白い。ボディーソープの匂いを嗅ぐ。

枕元から、グッドバイ世界から、とくり返し歌う声だけが聴こえている。

寝返りを打った彼女がそっと寝かしつけるように俺の肩を叩いたので、少し戸惑った。額のあたりから心臓の音がした。

「瞳さん？」

「なんとなく」

目が合って、二人とも少しだけ笑った。

俺には瞳さんの気持ちが分からない。女の人がどれくらい浮気相手に優しいのかなんて統計は取れない。怒るとか泣くとか、そういうものが全然なくて都合だけがいい関係の奥にあるものは不透明すぎて、時々、思考が止まる。

「京都いいな。俺、修学旅行で行ったきりです」

と思い出して呟くと、瞳さんは、私も、と笑った。

「せっかく行くなら、美味しいもの食べたり、有名なお寺見たりとかはしたいかな」

いた。

「お、いいな。のんびりするの楽しそうで」

と本気で言った瞬間、妙なタイミングでまた目が合った。たぶん、同じことを考えていた。

「それ、平日？」

まだ逃げられる距離を残しつつも尋ねると、瞳さんはなにも察していないかのように、そうだと思う、と頷いた。

「私は、平日のほうが都合がいいから……浅野さんは、休みは絶対に土日ですよね？」

や、と俺は首を振った。

「むしろうちの会社はちゃんと有休取ることを推奨してるので、平日もたまに休んだりしますね」

それ以上、彼女はなにも言わなかった。

いかにもラブホテルめいた大理石風の床を眺めながら、晩秋の京都か、と考える。だらっと新幹線でビール飲んで、適度に別行動して、合流したら観光でもして飯食ってやりたいタイミングで抱き合って……楽しそうだ、という言葉しか出てこない自分にびっくりした。それがどれくらい危ないことなのか、瞳さんの意外と長い睫毛《まつげ》を見つめていても、いまいち測れない。

この人はたとえば相手の男の愚痴みたいなことを絶対に話さないからか、未だに現実感がなかった。

翌朝、電車で揺られているときに瞳さんからメールが来た。もし本当に京都に行くならホテルを予約します、という内容だった。

お願いします、と返事をしてから、もしかしたら彼氏との付き合いが長すぎて半分くらいは惰性になってる状態なのかもしれないな、と思いついた。だから優しさがあっても使いどころがない分をこっちに回してもらっているのかもしれない。そんなふうに考えたら、相手の男から大事なものを借りている気分にさえなった。


朝の品川駅はうす曇りだった。寒かったので厚手の上着を羽織り、鞄を肩に掛けてホームで待っていた。

ダッフルコートを着た瞳さんが大きな紙袋とボストンバッグを下げて階段を上がってきたとき、軽く違和感を覚えた。

向かい合うと、彼女のほうから
「おはようございます」

と言われ、とりあえず、おはよう、と言葉を返す。

新幹線の席で横並びになると、自分が少し緊張していることにようやく気付いた。視線をひとまず窓の外へと向ける。なにを話していいか分からない。

タイミングよく車内販売が来たので
「もうビールとか買う？」

と冗談で訊いてみたら、すぐに頷かれたので、瞳さんも同じようにどうしていいか分からないのだと察した。

それでも缶の中身が半分減る頃には、少しずつ饒舌になっていた。

「今日はどんなのを作ってきたんですか？」

と尋ねたら、彼女は前かがみになって足元の大きな紙袋を探り始めた。

ケーキ用みたいな箱の一つをそっと持ち上げて
「こんな感じです」

と開いてみせた。覗き込んでとっさに、うお、と声をあげる。

大きなクリスマスツリーと降る雪を背景にして、子供たちが遊んでいる切り絵だった。

細工が細かすぎて、制作にどれくらいの時間がかかるのかは想像もつかなかった。

「すげえ。本当に、才能ありますね」

「そんな、全然。彼なんて、未だにただの趣味だと思ってて」

瞳さんがそこで言い淀んだ。謙遜するあまり、とっさに口走ってしまったのであろう言葉を適当に受け流して
「や、本当にすごいですよ。展示も楽しみですね」

と無難に返すと、瞳さんはほっとしたように頷いて、それからまったくべつの話を始めた。男の話を聞いたところで今さらショックを受けるわけでもないが、たしかに好ましい話題でもないので、上手く流せたことにこちらも内心ほっとしつつも、長時間一緒にいるということはそういう地雷を避けなければいけないことでもあるのか、と悟った。
京都駅に着くと、瞳さんが
「今日の午後四時までほかの人の展示があって、私の作品の搬入はそれ以降になるから、まだ余裕がありますね」
と説明した。
ガイドブックを見て、どこに行こうか相談しているうちに、昔修学旅行で行った大津の近江《おうみ》神宮が良かったことを思い出して
「俺、もう一度行ってみようかと思います」
と言ったら、瞳さんがちょっと間を置いてから
「それ、私も一緒に行っていいですか？」
と尋ねた。
はい、と頷いてから、会話のぎこちなさで、そろそろお互いに酔いが覚めてきたことに気付いた。

近江神宮前の駅前には誰もいなかった。駅舎の屋根越しに、葉の落ち始めた山々と空を見渡す。空気は澄んでいた。

少し気分が上がって、瞳さんと手をつないで道を歩いた。

近江神宮の階段を上がると、巨大な鳥居が現れた。ざっと風が鳴って、一瞬、手を離すと、瞳さんが呟いた。

「今、すごい鳥肌が立った。神様が通ったのかも」

なんとなく、そういうことを言うイメージがなかったので不意を突かれた。そうですね、と俺も同意して、参道を進む。

朱色の立派な楼門を拝んで、振り返ると、塀に百人一首の札が描かれた額が並んでいた。

「なんだっけ。あの、俳句みたいなやつ」

と言ったら、瞳さんが笑った。

「あれは短歌。俳句は五七五で、短歌になると七七がつくから」

「そういうの、詳しいの?」

と尋ねる。彼女は、うん、と頷いた。

「前に見た映画で、百人一首の札をヒロインが恋人に手渡す場面があって、現世では一緒になれなくても来世ではきっと、みたいな意味で。それがすごく悲しいけど良かったから」

「映画とかも好きなんですね」

「好きですよ。古典とかも」

瞳さんはふわふわとした笑顔を返した。

「でもいいですね、情熱的なのも。俺もそういう恋愛してみたいです」

なにも考えずに感じたことを口にしただけだった。

けれど瞳さんはびっくりしたように目を見開くと、傷ついたように黙った。しまった、と心の中で思い、すぐに話をそらしたものの、ホテルに着くまで不穏な空気は消えなかった。

部屋に入ると、シングルベッドが二つ並んでいた。片方に腰掛けて瞳さんを呼び寄せる。

荷物を置いた彼女がやって来たので、腰を引き寄せて
「ごめんなさい。失言でした」

と謝ると、彼女はなにも言わずにしがみ付いてきた。

裸になると、酔いが覚めたこともあっていつもよりも感度が良く、あっという間に出してしまった。瞳さんの体はあいかわらず気持ち良かった。

瞳さんがようやく打ち解けたように、俺の腕に頭を乗せた。

「なんか妹が入院したりして、最近わりと気が滅入《めい》ってました」

世間話のつもりだったけど、瞳さんは驚いたように、え、と顔を上げて
「大丈夫？　ていうか、妹さんいたんですね」

と訊いた。

俺は、うん、と曖昧に頷きつつも、その話を続けるのが面倒になって
「でも、大丈夫です。今とは関係ないことですから」

と打ち切ろうとしたら、彼女はすっと目を伏せて、はい、とだけ頷いた。なにかを飲み込んだような気配を残しながら。

彼女が服を着て搬入のためにいったん出ていったので、残された俺はベッドに寝転がったまま目を閉じた。


空には月が浮かんでいた。東京よりも道が広いので、綺麗に映えていた。

「綺麗な月ですね」

と言った瞳さんの手を取る。夜になると彼女がとなりにいることがやっとしっくりきた。

通り沿いの焼き鳥屋に入って散々飲んだ。最後には煙まみれになりながらも、ずいぶんと笑った。顔を赤くして無邪気に喋る瞳さんは、ものすごくストライクというわけで

はないにせよ、愛《いと》しく思えるくらいに可愛かった。

「浅野さんといるの楽しいです」

瞳さんが濡れたグラスを手にしたまま、言った。どうも、と俺は笑った。

彼女がふいに冗談めかして
「でも私のこと、べつに好きじゃないんですよね」

と言ったので、俺は戸惑った。今になって急に瞳さんのほうがそんなことを言い出すのはフェアじゃない、と反射的に口を閉ざす。

不自然な沈黙ののち、瞳さんが柔らかい声で
「一度ちゃんと訊いておきたかったから」

と付け加えた。

「好きとか恋とか、口に出したら胡散臭《うさんくさ》いだけですから」

と答えたら、彼女は納得できなかったのか、だけど、と反論した。

「それなら……好きなのか遊びなのかさえ、分からないじゃないですか」

「じゃあ、たとえば嘘になるかもしれなくても、好きとか言われたいですか？」

半ば売り言葉に買い言葉だったが、瞳さんの目にははっきりと強く感情が滲んだ。

彼女は長いまばたきをすると
「いいえ。それなら言われないほうがいい」

とだけ言った。

夜中に戻ったホテルでまた抱き合って、明け方まで延々と肌を重ね続けた。二人ともできることはもうこれだけしかない、とでも言うように。

終わると、ほのぐらい闇の中で、瞳さんが俺の顔を見つめて

「浅野さんは、綺麗」

と小さな声で言った。

その表情を見た俺は、びっくりした。

親父が再婚するときに、一度だけ相手の女性と飯を食ったことがあった。おふくろとは似ても似つかぬ、物静かな女性だった。とっつきにくいのに、それでいて目が離せなくて、不思議な違和感を抱いていた。

なんで今まで思い至らなかったのか分からない。瞳さんは、親父のその再婚相手にとても雰囲気が似ていた。

もちろんそんなことは口に出せるわけもなく、返事に迷っているうちに、彼女はすっと離れて浴室へと消えた。

翌日は京都の寺をいくつか観光した。瞳さんは普通の調子に戻っていて、それなりに楽しく過ごしているうちに帰る時間になっていた。

品川駅の改札で、俺は彼女に向き直って

「じゃあここで。また」

とはっきり告げた。

彼女は笑って、またね、と返すと、ゆっくりと遠ざかっていった。

ようやく一人になるとなんだかほっとして、早く明日の朝になって会社に行ければいいと思った。


しばらく瞳さんに連絡しない日が続いた。

いきなり長時間一緒は少々ハードルが高かったことを実感して、落ち着いたらまた飲みにでも行こうと考えているうちに日々に忙殺され、クリスマスや年末を合コンや飲み会に費やしているうちに年が明けていた。

彼女のほうからもまったく連絡がなかったので、ちょっと気になり始めた日の午後だった。

受付から内線が入って
「お客様がいらしてます」

という言葉と共に、瞳さんの名前を告げられた。

焦ってとっさに、分かった、すぐ行く、と答えていた。

エレベーターの中で、思い詰めて受付の前に立つ瞳さんを想像した俺は少しまずいことになったと思いながらも、足を踏み出した。

受付の前で、思い詰めた顔をして立っているコート姿の男を見た瞬間、軽く血の気が引いた。

今さら逃げ出すわけにもいかず、仕方なく呼吸を整えて、対峙《たいじ》する。勘の良い受付嬢たちが露骨な視線を送ってきた。

「お待たせしました。浅野です」

と挨拶すると、目の前の男はまっすぐに俺を見た。

「瞳の婚約者です。いつも彼女がお世話になっております」

と告げられて、かえって怒りの深さが胃に刺さった。激昂《げっこう》していたほうがまだましだ、と心の中で呟く。

瞳さんの婚約者は精悍《せいかん》な顔立ちをしていた。背はそこまで高くないが、ぱっと見でも分かるくらいにガタイも良く、俺とはまったく毛色の違うタイプだった。毅然《きぜん》とした表情には男らしい正しさが滲んでいる。

なんとなく勝手に、年上で放任主義の男、というイメージを抱いていたので意外に感じた。どうして俺なんかと、と今さらのように思った。

会社近くの喫茶店に移動して、奥のボックス席で向かい合った。

古い店内は暖房がきいていても寒かったが、公衆の面前でやり合わないでくれたことに内心感謝した。

瞳さんの婚約者は運ばれてきたコーヒーに手もつけずに
「メールはすべて拝見しました」

と言った。

そうですか、と俺は低い声で呟いた。

「ちなみに、うちの会社名は、どうやって」

「メールの中の情報を照らし合わせて、あなたのフルネームとおおよその場所で検索しました。それで、先ほどの会社の名前が出てきました」

やっぱり、そうですか、としか言えなかった。

「もうじき結婚式を控えていて、僕は正直、途方に暮れています。新居や挙式もタダではありません。ただ、瞳の話では、もうじき結婚することをあなたに伝えたことはなかったと。ましてや僕のことは一切なにも知らなかった。それは、本当ですか」

俺は曖昧に頷いた。事実だけど、少しずつ真実とは違う話に対して。それでも訂正することはできなかった。

「でも、それならどういう気持ちで瞳に会っていたんですか。あなたは付き合っていると思っていたわけではないんですか？」

俺は、付き合っているとは思ってなかったですね、とだけ答えた。

「じゃあ、瞳のことは遊びだったわけですか。時々、都合よく会えるから利用していただけで」

や、とたまりかねて否定した。

「はっきり聞いたことはありませんでした。ただ、薄々パートナーみたいな相手がいらっしゃるのかな、とは思っていました」

そうですか、と瞳さんの婚約者は感情の読めない声で呟いた。それからふいに
「瞳とは別れません」

と言い切ったので、一瞬だけ他人事《ひとごと》のように、すごいな、と思ってしまった。俺だったらあれほどほかの男とつながった彼女を許せるだろうか。その間に、彼はコーヒーを一口だけ飲んだ。カップを持ち上げた手がかすかにふるえていることに気付いてしまい、初めて罪悪感に駆られた。

「瞳とは二度と会わないと誓ってください。もう僕たちは結婚しますから。今後こういうことがあった場合は、あなたの会社にご連絡します」

はい、と頷きかけて思考が停止する。二度と会わない。瞳さんに。そんなことできるのか。いや、できるのだろう。付き合ったわけでも愛を誓い合ったわけでもない。出会ってからずっと飯を食ってセックスしていただけだ。そんなのセフレ同然で、単なる遊びだと言われたら、そうかもしれない。だけど。

「瞳さんは、なんて言ってますか？」

突然、瞳さんの婚約者が激しい怒りを込めて俺を睨《にら》んだ。

名前を呼んだせいだ、と気付いたときには頭からコーヒーをかけられていた。まぶたに軽く焼けたような痛みを覚えた。

「……すみません」

「謝ったら許すと思ってんのか！　会社にだって親にだってこんなこと説明できるわけないだろ！　おまえだってっ、会社員なら分かるだろう！」

瞳さんの婚約者は、ほとんど泣くような声を出して、ふるえていた。

白髪頭の店長が飛んできて、驚くほど毅然とした口調で、ほかのお客様の迷惑になりますから、と忠告してきた。

瞳さんの婚約者はテーブルに一万円札を置くと
「話は終わりだ」

と言い捨てて、喫茶店を出ていった。

放心していた俺のところに、大量のおしぼりを抱えた店長が戻って来て
「使ってください」

と差し出した。

お礼を言って、黒く濡れた顔を拭う。会社員なら分かるだろう、という台詞がたしか

にうんざりするくらいによく分かって、瞳さんに会っていたどんな時間よりも今が一番、彼女が存在していたことを実感させられた。

受付嬢たちはやっぱり不穏な噂《うわさ》を流し、数日間ほど会社での居心地が悪かったものの、翌週には皆が何事もなかったように接してくるようになっていた。

社内の飲み会を終えて、夜中に一人で自宅に戻った。部屋着に着替えて、缶ビール片手にテレビをぼんやり眺める。

チャンネルを回していると、二〇〇〇年代に流行ったアニメの特集をやっていた。酔いの回った頭で、『ＯＮＥ ＰＩＥＣＥ』にはハマったなあ、と考える。女の子は～でしたね、という女子アナの言葉に首を掻きながら、そういえば瞳さんってなに見てたんだろ、とふと考えたら心配になった。

俺がコーヒーをかけられたなら、瞳さんは殴られていてもおかしくなくないか？

迷いながらもスマホを手にする。抑制がきかないくらいに酔いが回っていることに気付いたときには瞳さんにメールを送っていた。

もう届かないかと思ったのに、数分後に、まったくべつのパソコンのアドレスからメールが入ってきた。

『私は、大丈夫です。渡したいものがあるので、良かったら一度だけ会えませんか？』

本当は断るべきだと分かっていたが、彼女からの提案だという逃げもあり、いいですよ、と返した。

なにができるわけでもないのに、それでも、あの声でもう一度、浅野さん、と呼ばれたかった。まるで永遠のモラトリアムのように。かつて親父も家族から逃げて、そうしたように。

翌日の夕方に品川駅の改札で会う約束をした。

また会えると思ったら妙に安心して、流しにビールを捨ててから布団に潜り込んだ。

広大な品川駅の改札口は人が多すぎて、瞳さんをすぐに見つけることができなかった。スマホを覗き込んだときに、浅野さん、という遠慮がちな声がした。

顔を上げると、不意を突かれて言葉に詰まった。

「ごめんなさい、待たせて」

殴られた痣《あざ》どころか、瞳さんはいつも会っていたときの三倍くらい垢抜《あかぬ》けていた。コートの下にちょっと変わった形の華やかなワンピースを着ていたが、髪をだいぶ明るく染めたからか、似合っていた。顔立ちは同じなのに表情がまるで違っていて、別人のようだった。

彼女が銀色のトランクを引いていることに気付いて

「もしかして、実家に帰るんですか？」

と慎重に尋ねてみた。

彼女は、ううん、とあっさり首を横に振った。

「京都に。澤井さんっていうギャラリーを紹介してくれた女性と、そこを経営している男性が色々助けてくれて。しばらくはむこうでバイトしながら制作するつもり。婚約破棄したから彼にお金を返したりもしなきゃいけなくて、しばらくはカツカツだろうけど。まったく知らない土地に突然住むなんて初めてだから、すごく、どきどきしてる」

唐突すぎて、なにも理解できなかった。俺にコーヒーをぶっかけたときの、泣きそうな男の顔を思い出そうとしたけれど、目の前の瞳さんの印象にかき消されて上手くいかなかった。

「これ、渡したかったものです。ごめんなさい。わざわざ来てもらって」

見覚えのない茶封筒を差し出されて、おお、と鈍い反応しかできないまま受け取る。

「じゃあ私は行きます。色々と、本当にごめんなさい。巻き込んで」

そう言い切って瞳さんは頭を下げた。巻き込んで、という最後の一言で、彼女の中ではもう終わっているのだということを悟った。

かける言葉もないまま、改札へと吸い込まれていく瞳さんの後ろ姿を見送った。雑踏に紛れていく彼女は意外と背が高くて、だけど本当は何センチなのかさえ、もう知ることはない。

俺はなにかを探すように茶封筒を開けた。

汚したスーツ代です。個展の時に作品が売れたので、どうか受け取ってください。そんなメモ書きと共に十万円が入っていた。なぜかすごく嫌な気持ちになった。

白いカードが目に入って、引き出す。あのとき京都行きの新幹線の中で見た切り絵をもっと小さくして貼りつけたカードだった。クリスマスのままで時が止まっている。

裏返して、心臓が凍った。

その昔　あなたのことが　大好きで　そして今では　嫌いになった

意味よりも少し遅れて、俳句は五七五で短歌になると七七がつくから、という瞳さんの説明が蘇る。きっと俺は、あの人はいなくならないと信じていたのだ。ほんの数分前まで。

スマホで検索すると、京都へ向かう新幹線はちょうど発車していた。あの人のことだから戻ってくるのではないかと期待したけど、メールはなかった。

仕方なく帰りのホームに向かっていたときにスマホが鳴った。母親からの着信だった。

「今、電話大丈夫なのっ？　土曜日だったら仕事もないだろうと思って、かけてみたのよ」

　ああ、と上の空で相槌を打つ。

「いつも申し訳ないけどね、今月もちょっと、あの子のこともあって苦しいのよ！」

　片手に持った茶封筒を見て、ふいに思いつき
「それなら今ちょうど手元に十万あるから、振り込むよ」

　と答えた瞬間、悟った。

「なら、よかった。いつも悪いわね」

「その代わり、もう金のことでは二度と電話かけてこないでくれる？　今度から藍の様子は、俺が直接本人に訊くから」

　母親が驚いたように言葉を詰まらせた。俺はまだ少し放心したまま続けた。

「気付いてさ。金って、愛があるからじゃなくて、関わりたくないときに渡すもんだって」

　母親はなにも答えなかった。じっと電話の向こうで沈黙を貫いた。母親のこういうところが昔から嫌だったと思ったけれど、俺自身も瞳さんに同じことをしていた。

　婚約していたのは彼女のほうだった。正直に打ち明けなかったのも彼女のほうだった。

　俺は偽物の愛なんて語らなかったし、一つも彼女に対して嘘なんてつかなかった。

　それでも。

どんな俺でも好きでいてくれることが、彼女と会い続ける唯一の理由だったのだから。

愛してないけど愛されたい。賢明な彼女はきっと俺のそんな本音も見抜いた上で、一度も誘いを断らなかった。今日という日まで。

だから、今さら俺に言えることなどないのだ。

電話を切ると、長年抱えていたものが消えた気がして、ホームから夕暮れの空を仰ぎ見た。冷たい風が吹くと、そのまま飛ばされそうなほど、体が空っぽに感じられた。

帰りの電車に揺られながら、自分も来月には有休を取ってどっか行くか、と考えた。もう自分のために使っていいのだ。金も、時間も。

とりあえず行先は京都以外にしよう、と思った。

俺は片手を伸ばし、切り絵のカードを網棚に置き去りにして、電車を降りた。

氷の夜に

濡れた黒い夜に、白い戸が静かに開きました。

水滴の落ちる傘を閉じて、そっと上げた顔に
「いらっしゃい」

と自分は声をかけました。

彼女、は小さくほほ笑んで会釈しました。

カウンターの奥の席に腰掛けた彼女はグラスビールをゆっくり飲むと、突き出しの白《しら》和《あ》えを食べ始めました。

開く口は小さいのに、次に自分が視線を向けたときには、小鉢は空になっていました。

「今日はなににします？」

と問いかけると、彼女は柔らかな声で
「平日のこぶ締めと、ぎんなんの素揚げをお願いします」

と答えました。

彼女は茶色い鞄の中から文庫本を出して、読み始めました。ほかに客もいない店内にページをめくる音だけが響いています。

雨だし今夜はもう誰も来ないかと思っていたら、また白い戸が開く音がして

「どうもー、こんばんは」

満面の笑みを浮かべた女性客が入ってきました。自分が席を決める間もなく、女性客は目の前の椅子を引いていました。

おしぼりを差し出すと、女性客は長い髪をかき上げながら

「しばらく忙しくて。ずっと来たいと思ってたんですけど」

と親しみを込めた口調で言いました。たしかに赤く塗った唇には見覚えがありましたが、いつも誰かしら男性と一緒なので、一人でやって来るのは珍しいことでした。

そうですか、と答えてから、ふと彼女を見て

「寒くないですか?」

と自分は訊きました。彼女のいる席は少し暖房があたりにくいのです。

彼女は不意を突かれたようにこちらを見ると、少し考えてから、首を振りました。

「いえ。今日は、大丈夫です」

赤い唇の女性客は、終始、自分に話しかけてきましたが、さほど気の利いた返しもできずにいると、大して食事もしないうちにあっさり会計を申し出ました。

「また来ますー」

ありがとうございました、と頭を下げると、赤い唇の女性客は素早く戸の外へと出ていきました。

誰もいなくなると、自分は、彼女に尋ねました。

「今日、寒かったでしょう。体とか壊してないですか？」

彼女は軽く本を閉じて、寒さには強いんです、と答えると、ビールを一杯追加しました。たしかに着ている白い編み込みのセーターはさほど厚手のものではありませんでした。

「お仕事は、順調ですか？」

「はい。ただ」

「ん？」

と自分は新しいビールをサーバーからグラスに注ぎながら尋ねました。

「生徒同士が喧嘩《けんか》になっちゃって。ちょっと大変でした」

「男？」

「はい？」

今度は、彼女のほうが軽く訊き返しました。

「喧嘩って男子生徒ですよね。怪我《けが》とか、大丈夫でした？」

「あ、はい。どちらもそんなに大柄な生徒じゃなかったから。二人ともかすり傷程度でよかったです」

自分は彼女に怪我がなかったかを尋ねたつもりでしたが、畳みかけるのはしつこい気がしてやめました。

　一年ほど前から、月に一、二回、名も知らぬ彼女は一人でこの店にやって来ます。それもバスが混むという理由で、帰りの時間をずらす雨の夜だけでした。

「今読んでるのは英語の本ですか？　授業かなんかで使う」

「いいえ。生徒からすすめられた、『三国志』の漫画です」

「へえ」

　自分は意外に感じて呟きました。

「生徒の中に歴史好きの子がいて、すごく面白いからって」

「俺も、昔読みました。細かいところは忘れちゃいましたけど」

「そうなんですね。どの登場人物が好きでしたか？」

　自分は曹操《そうそう》への憧れについて語りました。彼女は何度も頷きながら熱心に聞いていました。

「俺そんなに頭が良くないんで、ああいう野心とか男気もあるけど冷静っていうか、そういう人はやっぱりすごいと思いますね」

「曹操は部下を正当に評価しますしね」

　そうそれ、と笑って同意しました。彼女は口数こそ多くないけれど、話を聞くのが上手です。

小一時間ほどすると、雨がやみました。

「ごちそうさまでした」

ビールに焼酎のお湯割りまで飲んだわりには、彼女はちっとも酔っていない声でそう告げました。

彼女が帰っていくと、自分はカウンターの中から出て、皿を片付けました。


定休日の昼過ぎに店の二階で目覚めると、膝を曲げた足が痺れていました。

起き上がると、掛けていた布団が捲れて、ズボンから出た脛《すね》に浮く筋が若くはない年齢を象徴しているようでした。

店の掃除をして、近所の銭湯に行く頃には日が暮れかけていました。

ひさしぶりに顔を出していこうと、帰り道の途中にあるバーの重い扉を押すと、まだお客のいない店内で友永《ともなが》が一人、グラスを磨いていました。

「お、銭湯帰り？」

友永は人懐こい笑みを浮かべました。

「なんで？」

と訊き返すと
「顔が赤いけど、さすがにまだ酔ってはいないかと思って」

と友永が指摘しました。笑うと目がすっと細くなる感じが、少し、彼女に似ていることに気付きました。

「当たり。えっと、ビールとマッシュルーム焼きと、あとピザも頼む」

「はい」

と友永は笑顔でスマートな相槌を打つと、ビールサーバーを握りました。

バーを経営している友永は、昔同じ飲食店で働いていた同僚です。自分は厨房《ちゅうぼう》で、友永はソムリエでした。同時期に独立したこともあり、今でもたまに飲みに行く仲です。

「どう、最近は」

自分が尋ねると、友永は、だいぶ冷え込むようになったからなあ、と苦笑しました。

「寒すぎるとやっぱり客足が遠のくよね。本当はビールなんかは乾燥してる時期のほうが美味しいんだけど」

「ああ、とくに女の人は寒がるから」

「うん。うちは女性一人客が多いから。その分、気を遣うね」

と言われて、一瞬、彼女の顔が浮かびました。

「バーだと、ほかには、たとえばどんな気を遣う？」

と試しに尋ねてみると
「そうだなあ。男性客が一人の女性目当てに集まるけど、トラブルになれば、どちらも顔を見せなくなるから、適度に席を離したりね。あとはこちらが言い寄られたりしたときに上手に躱《かわ》さなきゃいけない、ことかな」

という答えが返ってきたので、自分は思わず言いました。

「友永は昔からモテるからな」

友永はいわゆる二枚目で、見た目も実際の年齢より若々しく、無愛想で敬遠されやすい自分とは対照的でした。

「黒田《くろだ》の店みたいな緊張感は大事だよ。それに、そっちの店だって、大変な女性客はいるでしょう？」

たしかにそっけなく接しているにもかかわらず、度を超えて馴れ馴れしい女性客というのはやっぱりいるのでした。そういうお客は勝手に期待して、こちらがそういう意味では相手にしないと、すぐに来なくなるのですが。

ビール一杯のつもりが、同業者同士の話で盛り上がっているうちに、すっかり酔っていました。

八時を過ぎると常連が増えてきたので、自分は会計を済ませて、店を出ました。白い息を吐きながら、たしかに冷え込んできたのを実感しました。

元来、夢見がちで理想ばかりが高く、たまに縁があっても不器用な逢瀬《おうせ》を繰り返しているうちに、他の気の利く男に取られていた。

そして増えるのは独り身の男友達ばかりで、結婚願望もちゃんとあるのに気付けば三十後半だった。

思えばそれが自分の今までの人生でした。そして、きっと、これからも続いていく人生なのでしょう。

だから、彼女が来るのを楽しみにしていないわけではないけれど、そこになんの期待もないのも、正直なところでした。

あの感じの良い話し方を耳にするたびに、この人には、もっと落ち着いた本の似合う男がお似合いだろうな、ともしみじみ思うのです。

それなのに、その晩、自分は夢を見ました。

カウンターで眠り込んでしまった彼女に、自分は何度か呼びかけました。

彼女は顔を上げると、不思議そうに笑いました。その笑顔に胸打たれて、気付いたらキスしていました。

濡れた食用菊を口に含んだときのように、頼りない感触は夢とは思えぬほどで、そうしているうちに眠りの潮が引いて、自分は暗い天井を仰ぎ見ていました。

夕暮れ時まで、夢の記憶を引きずりながら仕込みをしているうちに、注文し忘れた野菜があることに気付きました。

近所のスーパーまで出かけて、カゴを片手に野菜売り場の前に突っ立っていたら
「あの、こんにちは」

と遠慮がちに声をかけられて、びっくりしました。

「こんにちは。お仕事帰りに、買い物ですか?」

「はい、夕飯の」

彼女も同じカゴを手にしていました。中にはアサリとキャベツと鶏肉が入っています。

「自分でも作られるんですね、料理」

と呟くと、彼女は照れたように答えました。

「はい。でも、プロの方に言うのは恥ずかしいですね。この前、お店でいただいた生麩《なまふ》と野菜の炊き合わせも、本当に美味しかったです」

そういえば、この人はいつも自分の料理をとても美味しそうに食べるのでした。ほかの酔っ払いのように酒ばかり呷《あお》ったり、残したりということも一度もありません。

そういうところが気持ちのいい人だと思い返していたら、にわかに夢の光景が迫ってきて、よせばいいのに
「じつは昨日、夢に出てきましたよ」

などと言ってしまいました。

案の定、彼女は面食らったように黙り込みました。しまった、気味の悪いことを言っ

てしまった、と内心悔やんでいたら
「……じつは、私もなんです」

と打ち明けられたので、びっくりして、その顔をまじまじと見てしまいました。

「どんな、夢ですか？」

「なにか、呼びかけられていたみたいでした。でも、その後はよく覚えてないんです」

ならば本当はその後があったのか。いったいあれほど艶《なま》めかしい実感が果たして本当に夢だったのか。それとも——。

生霊《いきりょう》でも飛ばしてしまった気分で、会釈して立ち去る彼女の後ろ姿を見送りました。

つい先週、店内で彼女にだけ何度も話しかけてしまったことを思い出しながら。

そばで聞いていた女性の二人客が会計のときに、私たちの扱いと差があるんじゃないですか？　と冗談交じりに言ったときには内心ひやっとしたことも。

自分はやんわりと、お二人の話が盛り上がってたので、と返しましたが、自覚はありました。

日の暮れかけた街をスーパーのレジ袋片手に歩きかけて、横丁にある小さな神社の前で、自分は立ち止まりました。

粗末な赤い鳥居をくぐり、五円投げて手を打って祈りかけたとき、なにかを強く願うには年齢を重ねすぎたことに気付きました。

友永が店にやって来たとき、彼女はいつものように静かに一人で飲んでいました。向こうも本来なら営業中の時間帯だったために

「どうした？」

と尋ねると、友永は苦笑して

「製氷機の故障。仕事にならないから、今夜は閉めてきた」

と説明して椅子に腰掛けました。彼女が顔を上げて、友永を見ました。彼は愛想良く、それでいて嫌みのない笑顔で、こんばんは、と声をかけました。思わず割り込むように

「こちらの友永さんは、昔働いていた店の同僚なんですよ」

と告げると、彼女は意外そうにまばたきしてから

「じゃあ、長いお付き合いなんですね」

と呟きました。

それが自分と友永のどちらに向けられたものかはさだかではありませんでしたが、きっと友永に言ったのだろうと思いました。

それぞれに異なる親密さを伴った、それでいて礼儀正しい不思議な夜でした。

気持ちよく酔った友永が

「良かったらこの後、二人でうちの店に来ませんか？　特別に開けますよ」
と提案すると、彼女も少し頬を赤くして、まんざらでもなさそうに
「なんだか、いいですね。面白そうです」
と誘いに乗るそぶりを見せました。
そんな流れになってしまうと、自分はもうどうしていいか分からなくなりました。
彼女が立ち上がって
「二軒目に行くなら、自宅にいる母にちょっと電話してきます。おとといから風邪ぎみだったので、少し心配で」
と携帯電話を出しました。
自分はとっさに、白い戸を開けて夜の通りに飛び出していく彼女を目で追っていました。なんだかそのままどこかに行ってしまうような気がしたからです。
我に返って、友永に視線を戻すと
「今の彼女」
と彼が切り出したので、自分が先回りして
「気に入った？」
と冗談めかすと、友永は笑って、いや、と首を横に振ってから
「黒田が彼女のことを好きなんだろう？」

と言い切ったので、内心どきっとしました。

「名前はなんていう子なの？」

自分は、知らない、とすぐに首を横に振りました。

「え、だって常連さんだろう」

「それでも。訊いてない」

と答えると、友永はなんだかあきれたように息をつきました。

「そんなことより、なんで、そんなふうに思った？」

自分がつい尋ねると、友永は間も置かずに言いました。

「きっと黒田以外は、みんな気付いてたよ」


気が付くと、友永の店のオレンジ色の照明の下で、彼女はいつものように柔らかく笑っていました。

友永の指摘もあいまって、動揺していた自分はおそろしいほど飲みました。

猫が自分の尻尾を追いかけて百回まわった後みたいに目が回って、濁った視界に映るもので、綺麗なのは彼女の白いシャツだけでした。そのシャツに包まれた小さな肩に酔った勢いで触れたいと思った瞬間に、彼女がこちらを見ました。

自分の心を見透かしたような視線を向けていたので、いっぺんに酔いが覚めて、なん

て卑怯《ひきょう》なことを考えていたのだ、と思わず
「すみません。女性として見ていました」
と謝っていました。
彼女が驚いたように黙ったので、すぐによけいなことを言ってしまった、といたたまれない気持ちになっていたら
「私、たしかにそういう視線には敏感なんです。でも、それだけで謝ってもらったのは、初めてです」
彼女が手を伸ばしてきて、突然、自分の右手をそっと握りました。その手のひらは熱くも冷たくもなくて、自分はまったくその気持ちを読むことができずに、彼女が普段教えている中学生のガキになったような気がしました。
次のお酒を頼むまで、互いに手を離さずにいました。
友永がそろそろ店を閉めるというので、自分が彼女を青白く明けた駅前まで送っていきました。
彼女がタクシーに乗り込むときに、自分は勇気を出して閉まりかけた扉の間から
「今度、飯食いに行きませんか？」
と誘うと、彼女はひどく優しい言い方で
「それは、できません」

と答えました。

不意打ちの拒絶に呆然としている間に、タクシーは明るくなり始めた空の向こうへと去っていきました。

それから彼女は店に来なくなりました。

二度ほど雨が降った晩に、ぎりぎりまで待ってみたけれど、あの細い手で戸が開けられることはありませんでした。

夕方前に人のいない店内で開店準備をしながら、テレビのニュースを聞いていると、今夜は夜更けすぎに雨が雪に変わるでしょう、という予報が耳に飛び込んできました。

積もったら店の外の雪かきが面倒だな、と内心思いながら、今日の予約客とコースの内容を頭の中で復唱しました。

開店直後にやって来た男女二人客がコース料理を食べ終えた頃には、雨が降り出しました。

「まずいな。ひどくなる前に帰ろうか」

二人が言い合いながら帰ろうとしたとき、入れ違いに戸が開いて、少し髪を濡らして飛び込んできた人がいました。

あ、という言葉を飲み込んで

「いらっしゃいませ」

と告げると、彼女は濡れた髪をハンカチで拭きながら頭を下げました。それから、雨が、と口を開きました。

「え?」

「帰ろうとしたら、雨が、急に降ってきて。傘も売り切れで」

自分はやっぱり気の利いた言葉も浮かばずに、そうですか、とだけ相槌を打ちました。

とはいえ二人きりになると、黙っているわけにもいかずに、自分のほうから
「今日はいつもよりも遅いですね」

と話しかけました。

彼女が小さく頷いて
「学校はもう休みに入ったんですけど」

そう言いかけると同時に、いかにも男らしい勢いで音を立てて白い戸が開きました。

「どうも。一人だけど、いい?」

ダウンジャケットを着込んだ大柄な男が店内に入ってきました。すでに酔っているようでしたし、断ろうかと思ったけれど、それより先に椅子に座られてしまったので、仕方なく
「なににされますか?」

と自分は水を出しながら訊きました。
「えっとな、日本酒。燗《かん》じゃなくて、冷やで」
そう言ってから、大柄な男はふと品定めするように、となりの席の彼女を見ました。口説き目当ての輩《やから》かと思い、止めに入ろうとした矢先に
「おい、絵未《えみ》ちゃんだろ？　俺だよ、お父さんの友達だった田部《たべ》だよ」
と大柄な男が言い出したので、自分も驚いて
「お知り合いですか？」
と訊いたとき、彼女の顔がびっくりするほど青ざめていることに気付きました。今まで聞いたこともないような鋭い声で
「人違いです」
と彼女は言い切りました。それでも大柄な男はたたみかけました。
「いや、違わないよ。忘れちゃったのか？　泊めてもらった晩に本読んであげた仲だろ」
彼女は気の毒なほど思いつめたような顔をして、やっぱり
「人違いです」
と繰り返しました。
自分はとっさに書きかけた男の伝票を破りました。

二人がこちらを見ると、大柄な男に向かって
「お引き取りください」

と自分は告げました。

大柄な男は一拍置いてから、びっくりしたように
「ちょっと、なんだよ、なんで追い出されなきゃいけないんだよ」

と抗議しました。自分は取り合わずに答えました。

「うちは声かけ禁止ですから。お帰りください」

「だから昔の知り合いだって言ってんだろ。だいたい飲み屋がそんな理由で雨の中、客を追い出すのか？　ひっどい店だな、おい、ここは。いいけど書くぞ？　フェイスブックとかグルメサイトに」

みみっちい反撃に、とっさに頭に血がのぼって
「全然かまわないんで帰ってください。俺の店ですから」

と宣言すると、大柄な男は息を荒くして文句を繰り返しながらも、乱暴に戸を開けて出ていきました。

自分はコップに冷たい水を注いで、彼女の目の前に置きました。

彼女は口をつけることなく、席を立ちました。

「本当にごめんなさいっ、帰ります」

その膝がふるえているのを見て取った自分はカウンターの中から出て、その腕を取りました。

「倒れそうですよ」

大丈夫ですから、と言いかけた声は掠れていて、さすがの彼女も説得力がないことを察したのか、言葉に詰まってしまいました。

ふと思いついて、よかったら、と提案しました。

「この店、普段は物置きになってますけど、一応、二階があるんです。よかったら、少し休んでいってください。ちょっと俺、閉店までは送っていくことができないので」

まだ動揺している彼女の背を支えて、階段を踏み外さないようにしながら二人で上がりました。

薄い布団に横たわった彼女がまだかすかにふるえていたので、自分は慌ててストーブをつけてから

「下にいるので。なにかあれば呼んでください」

とだけ伝えて、階下へと戻りました。

閉店時間を迎えると、自分は流しを片付けながら天井を仰ぎ見ました。

あそこで眠っている。

急に生々しさに打たれて、手をつないだことや誘いを断られたことがいっぺんに溢れ

かけたのを、すんでのところで飲み込みました。

自分は水のペットボトルを手にして、ふたたび階段を上がりました。

薄い扉を開けると、靴下に包まれた足が見えて、どきっとしました。そっと脇を通って声をかけました。

彼女の薄い瞼《まぶた》と唇がふっと開きました。その放心した表情は、大して友永には似ていませんでした。そして悟りました。この人を思い出す理由が欲しかっただけだったのだと。

「大丈夫ですか？　起き上がれるようになったら、送っていきますから」

彼女は首を横に振ると、一人で帰りますから、と言いました。目が赤く腫れていました。泣いていたのでしょうか。

背中に手を添えて起き上がるのを助けると、互いの顔がすぐ近いところにありました。彼女がそらそうとしないので戸惑いはしたけれど、自分は一度きっぱりと断られている身です。相手が弱っている隙に付け入るようなことは——

「黒田さん」

いきなりそう呼ばれたので
「俺の名前、知ってたんですか？」

と驚いて訊き返しました。

「はい。だってほかのお客さんや友永さんが呼ぶのを、いつも聞いてましたから。黒田さんは一度も私の名前を訊いたこと、ないですよね」

そう呟いたので、自分は軽く言い淀んでから、頷きました。

「はい。名前を訊いたら、勝手に自分が期待してしまう気がして。個人的に近しくなったように誤解したり、そういうのが怖くて俺は、あなたの名前は訊かないと決めていました。でもさっきので知ってしまいました。絵未さんっていうお名前なんですね」

なにかに耐え切れなくなったように倒れこんできた絵未さんを反射的に受け止めると、その体は存外ふくらみがあって柔らかく、細い人だと思っていたので意外だと感じた直後に

「さっきの人、昔、子供だった私に変なことしたんです」

吐き出すように言った言葉が皮肉なくらいにしっくりと来てしまって、自分は絵未さんを抱きしめました。

左肩に顎を乗せた絵未さんの頰から流れた涙が、自分のシャツに染みていく。なにかが強く小窓を打つ音がしました。闇に破片のようなものが降り注いでいました。雪ではなく、霙《みぞれ》でした。かける言葉もなく絵未さんを抱きしめていました。氷のように冷たい夜の中で。

明け方、目を覚ますと、絵未さんが静かに階段を下りようとしていました。自分が起き上がると、彼女は毅然として止めるようなそぶりを見せました。

「これ以上迷惑にならないように帰ります。お願いだから、ゆっくり寝てください」

二度と会えない気がして、自分は、絵未さん、と初めて呼びかけました。

「あの、さっきのことですけど、話聞いたからなにか変わるとかないですから、俺」

絵未さんは息を潜めて黙っていました。

「俺、好きですから」

絵未さんは短くまばたきして、嬉しかったです、と言って、だけど同じ言葉を返すことはせずに階段を下りていきました。

彼女のいなくなった二階に座り込んでいると、幸せな時間が本当に終わってしまったのだと実感しました。


クリスマスも過ぎて、年内の営業日も残りわずかになった朝、実家の父親から電話がかかってきました。

年の瀬だから上野への買い出しに付き合え、という連絡でした。

芯まで冷え切った腰や腕をさすりながら、来年にはきっとなにごともなかったようにすべて忘れていくのだろうと思いました。

白い息を吐きながら、父親と一緒に昼間のにぎわうアメ横を歩きました。

立ち並んだ店の前にはマグロやタラバガニや乾物が山盛りになっていました。買い出しに来た老若男女から、立ち飲みを楽しんでいる中国人らしき観光客たちまで、人もさまざまで、その活気を浴びていると年末のもの悲しさも吹き飛ぶようでした。

黒いジャンパーを着込んだ父親がいくらと数の子と甘海老を買ったので、自分がまとめて袋を持つと

「優しいねえ、おにいちゃん。いい息子だ」

と店主に言われました。

父親が大声で笑って

「ご主人、こいつ、にいちゃんじゃないよ。息子ったってもうおっさんだよ。しかも嫁もいないおっさんだから困るよ」

と茶化し、それから財布から千円札と小銭をじゃらじゃら取り出して

「二千と、九百円ね。五百円玉抜きの、ぜんぶ百円玉で渡すから。ご主人、手のひらで受け取ってよ。ほら、ひい、ふう、みい、よ」

「あ、お客さん。今は何時《なんどき》だい、なんて訊いて一枚飛ばすんじゃないでしょうね」

「いや！　これは見抜かれちゃったか」

などと軽快に冗談を言い合うのを眺めていると、自分はつくづくこの陽気な父親に似なかったことを実感しました。

混雑したアメ横をまた歩き始めてから、父親に向かって
「さっきの、なに？　一枚飛ばすって」

と尋ねると、父親はそんなことも知らないのかという顔をしました。

「落語だよ。『時《とき》そば』っていう。客がそば代の十六文《もん》をぜんぶ小銭で数えるうちに、途中で一枚飛ばすっていう、まあ、軽い詐欺みたいなものだ」

それから、いかにも思いついたように
「おまえは喋るのへたくそなんだから、落語でも聴けばいいんじゃないか。ちょっとは面白いこと言えるようになるぞ」

などと言い出したので、落語なんて、と苦笑しつつも、年明けからは店の準備の間に少し流し聴きしてみようかな、と心ひそかに考えました。

もっと自分の喋りが上手ければ、あの傷ついた人にもなにか救いになるようなことが言えたかもしれないのに、と思うと、未練というにはあまりに淡く白い気持ちだけが解け切らずに胸の内を冷たくするのでした。

年内最後の営業を終えた自分は、店の外へと出ました。

白い戸にきっちり編まれたしめ縄を飾り、新年は四日から営業します、という張り紙をしました。

仰ぎ見れば、冬の冴《さ》えわたった夜空に無数の星が光っていました。

店内に戻ろうとしたとき、少し離れたところに見慣れた人が立っていることに気付きました。

自分はまっすぐに駆け寄りました。

そして紺色のコートを着込んだ彼女に向かって

「絵未さん。こんな時間にどうしたんですか？」

と息を吐きながら尋ねました。彼女は寒さのせいか、白くなった顔を上げて

「そろそろ営業が終わる頃だと思って。もしよかったら、一杯だけ飲みに行きませんか？」

と緊張した声で言いました。

自分がびっくりして

「いや、行けますけど。俺でいいんですか？」

と思わず訊き返すと、絵未さんは短く頷いてから

「見てたんです」

と言いました。

きょとんとした自分に、彼女は続けました。

「ずっとカウンター越しに見てました。黒田さんが働いてる姿も、細かな気遣いも。寒そうにしていたらすぐに気付いてくれたり、酔った男性客がいたら、さりげなく席を遠くしてくれたり。不器用だけど、真面目で優しい人だって思っていました」

自分が胸を詰まらせながら
「……友永の店でいいですか？」

と訊いたら、彼女は、はい、と頷きました。

「気に入りましたか？」

とこの期《ご》に及んでみっともなく質問を重ねると、彼女は不思議そうな目をしてから、ふっとその意味を悟ったように
「黒田さんの知り合いだから、友永さんのお店に行ったんですよ」

と言いました。それから自分の手を遠慮がちに握りました。

「ずっと男の人の手が怖かったんです。でも、あの晩つないだ黒田さんの手は優しかったです。抱きしめてくれたときも。丁寧な料理を作る人の手だと思った。私は黒田さんの手が好きです」

白い戸に鍵を掛けて、冷えた手を握り合って、ほとんどの店の明かりが消えた夜道を

二人で歩きました。

絵未さんが思いついたように、教師らしい言い方で
「黒田さんの来年の抱負はなんですか？」

と訊いたので、自分は少し考えてから
「落語ができるようになろうと思ってます」

と答えたら、彼女は首を傾げました。

話し下手なので、と付け加えると、絵未さんは急におかしそうにほほ笑みました。

「それなら覚えたら今度聞かせてくださいね」

自分は心の中で、今夜は友永の店で小銭を数える遊びをやってやろう、と思いながら、バーの扉に手を掛けました。

あなたの愛人の名前は

昔から、よその家に泊まりに行くのが好きだった。

朝起きたときに、自分がどこにいるのか分からなくなる瞬間は、まるで生まれ変わったみたいだったから。

だけど床に敷かれた布団から起き上がり、無地の壁紙のそっけなさを目にしたら、あっという間に現世に戻っていた。

私はのろのろとトイレに向かった。

男の人にしては神経質に掃除されたユニットバスは電球が点滅していて、切れかけていた。

キッチンで勝手に小鍋を使って牛乳を温める。

牛乳に少量のインスタントコーヒーを溶かした緑色のカップを持って、テレビの前に座り込むと
「はよ」

背後からいきなり声をかけられて、私は肩をすくめた。

「なに、どこ行ってたの？」

ローテーブルの上にがさっとコンビニの袋が置かれた。

「朝飯。俺、普段は食わないから」

「……ありがと。お兄ちゃん」

　私は慎重にお礼を言った。兄はいい歳して若者みたいに退色したジーンズの足を投げ出してカーペットの上に座った。無駄に若い横顔も、土曜日の朝は少し疲れて見える。

　ワイドショーはあいもかわらず不倫の話題でいっぱいだった。バターこってりの卵サンドを齧《かじ》りながら、ひとごと気分で観賞する。自分よりも窮地に陥っている人を見て安心するために、こういう番組はあるんだろう。二十代半ばになっても就職できずにバイトで食いつないでいる私みたいな人間のために。

「ごちそうさま」

　卵サンドを一切れ残して言うと、兄はそれを口に咥《くわ》えてから、近くの棚に片手を伸ばした。

　差し出された茶封筒の意味は、すぐには分からなかった。

「なにこれ」

　と私は膝を抱えたまま訊いた。

「開けて」

　私はおそるおそる摑んで、中を覗き込む。

「お金」

「そりゃ、見れば分かるだろ」

と兄がようやく笑って言った。

「おふくろが突っ返してきた十万円。藍にやるよ」

そう言われて、ちょっと前に母が怒って騒いでたことを思い出す。なんでも兄が絶縁とも取れる宣言をして手切れ金みたいにお金を渡してきたという。

「なんで？　全然意味分かんない。だいたい、なんでそんなことになったの？」

兄はゆるく笑って目頭を掻くと
「まあ、色々だよ」

とだけ答えた。

私は困惑して、もらう理由がないから、と茶封筒を戻した。この兄は昔からなにを考えているのか分からないところがある。

だけど兄は珍しく粘って、茶封筒を私の前に押し戻した。

「おまえ、ちょっと好きなところでも行ってこいって」

私はますます混乱して、逃げるように布団に戻った。毛布をかぶると
「どこか行ってみたいところとか、ないの？　いっそ外国とかさ」

と兄が冗談めかして訊いた。

私は毛布から頭だけ出して、しばらくぼうっと考えてから、ふと

「マカオ」

と呟いた。

兄が驚いたように
「どおした？　一攫千金《いっかくせんきん》狙う気か」

と訊き返した。

「や、べつに思いついただけ」

私が焦って言い訳するのを遮って、兄は
「なんでマカオ？」

とたたみかけた。私は、お兄ちゃんは覚えてないんだ、と心の中で少しがっかりして
「べつに。秘密」

とだけ返した。

しばらくお互いに口を開かなかった。

枕に顔を埋めているうちに、罪悪感と現実逃避の混ざり合った眠気が来た。鎖骨に入っているプレートはその存在を忘れるほどに馴染んでいる。ようやく就職先が見つかりそうだった矢先に、母に一方的に責めたてられて、ほとんど発作的に暴れたときに折った鎖骨は、もうほとんどつながっているらしい。

体を強張らせたまま目をつむりかけた私の肩を、兄が揺さぶった。

薄目を開けると、兄はそっと指の長い手を離した。

「明後日、半休取るから。一緒にパスポート取りに行くぞ」

月曜の午前中だというのに都庁の旅券課はおそろしく混んでいた。ようやく申請を終えて自動ドアの外に出ると、私はふと気付いた。

「お兄ちゃんはパスポートあるんだっけ？」

兄は当たり前のような顔で首を横に振った。

「ない」

「え、じゃあ、なんで今、取らなかったの？」

「だって俺行かないし」

私は半ばパニックを起こして、どういうこと、と兄に問いただした。呼吸が乱れるとすぐに過呼吸になりそうになる。自分の胸をおさえると、兄が私の背中を強めにさすりながら言った。

「かわいい子には旅をさせろって言うだろ。会社でも俺は信頼してる部下には、あえて大事な案件を一人で担当させるの」

「そんなの知らないし。私が一人で飛行機乗って、一人で海外行って、一人でご飯食べたりできると思う？」

兄は驚いたように笑うと、できるよ、と返した。

「英語だって全然話せないし。日本語でだってろくに他人と話さないのに」

「英語は勉強しよ。俺も付き合うから。旅行までに」

「無理だって。お兄ちゃん、時々、天然っていうか、とんでもないことを言い出す癖、直ってないね」

揶揄《やゆ》したのに、兄は誉められた少年のようにはにかんだ。私は脱力して、地下通路の真ん中で途方に暮れた。


兄の部屋までやって来た絵未は、白いシャツの袖を二、三度捲《まく》り上げて、革のバッグから英会話のテキストを取り出した。

長い髪を耳にかけると、すっきりした横顔が覗いた。左の耳たぶには小粒のパールのピアスをしている。

私はその横顔に向かって言った。

「ありがとう。仕事帰りで疲れてるでしょう？　しかも私、お金ないから、お兄ちゃんの部屋でごめん」

絵未は笑うと、時間的にちょうどいいから大丈夫、と不思議な台詞を口にした。シャツのボタンをきっちりと一番上まで留めているので鎖骨は見えず、その分、首の長さが目立つ。

「ちょうど？」

と私は首を傾げて訊いた。

絵未は麦茶を一口だけ飲むと

「始めようか」

とテキストの一ページ目を開いて強めに右手で押さえた。

絵未は地元の中学校の友達だった。私が高校入学と同時に大阪に引っ越してからも、彼女だけはずっとメールをくれていた。

前から関西弁の小気味よさに憧れていた私は最初のうちこそがんばって体得しようとしたけれど、テンポの速さや強い突っ込みまでは真似できなくて、そんなときに絵未から話し慣れた言葉が届くとほっとした。

高校には一般入試で入った子たちも通っていたけれど、寮で生活しているのはスポーツ推薦で入学した子たちが大半だった。理由もなく関東からやって来た私は最初からかなり異質な存在として見られていた。

今思えば、最初のあいさつのときに、なにげなく

「滋賀ってどこだっけ？」

と言ってしまったのがまずかったのかもしれない。

実家は東京タワーの近くだと説明したら、微妙な空気になって
「すごーい、都会の子やな」
と誰かが言い放ったときに初めて、そういうくくり方をされるんだ、と悟った。
藍って地方を馬鹿にしてる、といつだったか誰かに言われたことがある。そう見られないようにしようとするほど、ノリや方言の違いを意識しすぎてぎこちなくなった。苦しかった。プロのスポーツ選手を目指すような子たちもいる中で、自分だけが将来の夢や目的もなく寮にいるのがよけいにつらくて、そのうちに食事もままならなくなっていた。

私が東京に戻ってきてフリーターとニートの間を行き来しているうちに、絵未は中学校の先生になっていた。

それでも連絡は途絶えることなく、彼女は時々、ケーキや修学旅行のお土産を持って家を訪ねてきた。

眩しいくらいにきちんと社会性を持った彼女と、心を通わせていられたのは、もしかしたら中学のときの出来事のおかげかもしれない。

「このテキストだとCan youが多用されてるけど、できるだけ、Could youを使ってね。そのほうが丁寧だから」

という説明の後に、絵未は手を止めて

「さっき、ちょうどいいって言ったのはね、ここに寄ってから帰ると、行きつけのお店の終わる時間に重なるからなんだ」

と言った。

私は、行きつけのお店、と首を傾げた。

彼女が照れ臭そうにうつむいたので、私は目を見開いて
「え、もしかして、好きな人とか、そういう話？」

とびっくりして訊くと、彼女は小さく、うん、と頷いた。

「だって、絵未は」

と言いかけた私に、彼女はまた小さく、うん、と頷いた。


私たちは中学校一年生で、校庭でフォークダンスの練習をしていた。

大海のような青空が眩しく、風が吹くたびに新緑の葉擦れが響いて、光が乱反射していた。

男子と向かい合って手をつないだとき、近くにいた絵未が地面にしゃがみ込んだ。

彼女とはまだほとんど話したことはなかったけれど、なりゆきで私が付き添って保健室まで連れていった。

ベッドに横になった絵未の手はかすかにふるえていた。

彼女はうつろな目で天井を見つめながら、打ち明けた。

「私、男の子嫌い。触るだけで具合悪くなるの」

兄のいる私にその感覚は分からなかったけれど、そうなんだね、と頷いた。真剣に受け止めてあげないと、そのときの絵未はなんだか壊れてしまいそうだったから。

それから絵未が男の子の話をしたことは一度もなかった。いつも私が片思いして盛り上がっている話を、遠い国の出来事でも眺めるように笑って聞いていた。

今でもたまに、校庭の眩しさと砂煙と絵未のふるえる手のことは思い出す。

だから、すぐには信じられずに
「店員さんとかを見て、ちょっといいなって思ったの？　だから帰る時間を合わせようとしてる、とか」

と私は慎重に訊いた。

「ううん。お店の人と付き合ってるの」

その答えに衝撃を受けて、私は質問を重ねた。

「どんなひと？」

「和食のお店を一人でやってる。だいぶ年上」

「うちのお兄ちゃんくらい？」

「ううん、もっと年上で、不器用な感じの人。パッと見はいかにも男の人っていう感じでちょっと怖いかもしれない」

全然想像つかない、と私が言うと、絵未はようやく笑った。

たとえば兄のように中性的な雰囲気の男の人だったら、絵未がそこまで怖くないと思う気持ちもまだ理解できるけれど。

絵未はちょっとだけ考えるように黙ってから

「私には、変な意味じゃなくて、藍のお兄さんは昔からすごく男の人っていう感じがしてたよ」

と答えた。

「あの妖精みたいなお兄ちゃんが？」

私が訊き返したら、絵未は頷いてから、ああ、となにかに気付いた顔をして

「藍のお兄さんからは、女の人の気配がしたから」

と言った。

英会話のレッスンを終えて、絵未が帰ろうとしたときにちょうど兄が仕事から戻ってきた。

革靴を脱ぎながら、お、という表情を作った兄に、絵未は玄関先で会釈した。

「おひさしぶりです。すみません、お邪魔してしまって」

こちらこそ妹がお世話になります、と兄はよそいきの言葉を返すと、廊下の脇に避《よ》け

た。

絵未は笑って手を振ると、夜のドアの向こうへと消えた。これから、その、ずっと年上の恋人に会いに行くのだ。

そう想像したら、絵未の淡い輪郭が急に濃くなった。

私が冷蔵庫からビールを出して、兄のためのコップを用意しながら

「人の輪郭って、他人がなぞるんだね」

と呟いたら、Tシャツとハーフパンツ姿になった兄が腰を下ろしながら

「どおした、急に文学的なこと言い出して」

と真顔で茶化した。

「絵未、恋人できたって」

「うそ。おまえ先越されたな」

「おっさん臭いこと言わないでよ、自分も一人のくせに。でも、本当にびっくりした。大学時代に絵未がアメリカへ短期留学してたときだって、どんなにかっこいい男の子にもまったくなびかないから、鋼《はがね》のようなガールだって言われてたらしいし。絵未はずっとこの先もそういうことに無縁だと思ってた」

兄はビールを飲むと、上唇についた泡を指で拭った。

「でも正直、あの子は昔から妙に女っぽい子だと思ってたよ」

私は、そうかな、と呟いた。兄と絵未がお互いに似たようなことを言うのは、奇妙な感じがした。

絵未が手土産に持ってきてくれたのはメレンゲのクッキーだった。

ビールとは合わないかと思ったけど、一応、お皿に盛りつけて出した。

兄は一口齧ると、意外そうに
「なんか、これ面白い。中がすかすかしてる」

という感想を述べた。

「これ、卵白に砂糖を入れて泡立てたのを焼くお菓子だから」

「え、そんなの焼けるのか？」

「うん。普通の生地とは違って、焼く前の生地は繊細だから、つぶさないように気をつけなきゃいけないけど。よく考えたら、不思議なお菓子かもね。出来上がったら、こんなに食感もしっかりあるのに」

ふーんと相槌を打った兄は
「ちょっと、似てるかもな」

とこぼした。

「え？　なにと似てるって？」

兄は冗談めかして

「俺だけが知ってればいいこと」

と答えると、ビールを飲み干した。

それから流しで手を洗うと、残りは食べていいよ、と言い残して、タオル片手にバスルームに入っていった。

兄の家にいる間、一度だけ、夜中に母から電話がかかってきた。

職場で若い女性社員たちに面倒臭いおばさんだと陰口を叩かれていると訴えるので、私は布団の上に座り込んで眠気をこらえながら、そうなんだ、と相槌を打った。

「私は、みんなの仕事が上手くまわるように助言してるだけなのに」

と困惑したように訴える母の声がいくぶんか低くなっていることに気付いた。昔はちょっと喋るだけで甲高《かんだか》く響いたのに。

母が、お兄ちゃんにもすっかり嫌われちゃって、と寂しそうにこぼしたので、私は

「べつに嫌ってないと思うよ。ただ、いい大人同士なんだから」

と言ってから、そもそも自分も居候の身だということを思い出した。

もしかしたら私はずっと母に似ている自分が嫌だったのかもしれない、と思った。

マカオに行くことは隠して電話を切った。

布団に入ってから胸の上で両手を重ね合わせると、眠れないときは羊の数を数えるの

よ、と昔教えてくれた母の声がした。

朝六時の成田エクスプレスはすでに外国人だらけで、朝早い便にしたことを後悔すると同時にさっそく緊張した。

空港は広すぎて、チェックインして手荷物を預けるだけで一苦労だった。迷ってうろうろしている私を最後はCAらしき女性が捜しに来た。

飛行機内でようやく通路側の自分の席を見つけて腰掛けようとしたら、背後から

「失礼」

と野太い声で呼びかけられた。

振り返ったら、黒いジャージ姿のでかい日本人のおじさんが立っていた。

あわてて退《ど》くと、ジャージのおじさんはずんと真ん中の席に入った。私は思わず心の中で、運悪い、と嘆いた。こんな怖そうな人のとなりに五時間近く座ることを想像しただけで過呼吸になりそうだ。

ガイドブックを広げて逃避していたら、飛行機が滑走路を進み始めた。ガイドブックを持つ手が強張る。轟音《ごうおん》と、離陸した感覚。本当に旅に出るんだ、と実感した。

しばらくすると、機内がうっすら肌寒くなってきた。

配られたひざ掛けに包まっていたら、黒髪の中国人らしきCAの男性がワゴンを押し

てきて、英語で飲み物はなににするかとだけ質問された。
ワゴンを上から下まで眺めたけれど、温かい飲み物が見つけられなかった。この一カ月の特訓を思い出して、口ごもりながらも
「あの、ドゥーユーハブ、ホット、ドリンク？」
たどたどしく尋ねると、国は違えど同じアジア人同士だからか案外すんなりと通じて、コーヒーだティーだと分かりやすく説明してくれた。温かい紅茶をもらうことができてほっとする。
となりの席のジャージのおじさんが堂々と
「コーヒー！」
と声をあげた。黒髪の男性ＣＡは首を傾げたのち
「コーク？」
と笑顔で尋ねた。思わずずっこけそうになったけれど、そうか、私の発音は正しかったから通じたんだ、と少し自信が持てた。
その後も、ジャージのおじさんとＣＡの男性は
「ビール！」
「ビーフ？」
「ノー、キリンとかだよ！」

と滑りまくってるコントみたいなやりとりをしていた。

その二人に挟まれていたら、ビーフがいいとか、ペンを貸してほしいといったことを英語で頼むことにもだんだん抵抗がなくなった。

ジャージのおじさんはビールを飲み干すと、すぐに眠り込んでしまった。

予想外に救われたことに感謝して、私も座席に深く寄り掛かった。


鼓膜がぼうっとする感覚に襲われて薄目を開けると、着陸態勢に入っていた。いよいよ、と身構えているうちに機体は跳ねるようにして香港《ホンコン》に着いていた。

空港で迎えの人を捜したら、日に焼けた男性から、ハーイ、浅野さんデスか!? と呼びかけられて、ほかの日本人観光客数人と共に集められた。

「それぞれのホテルまで送ります。両替は今ではなくて、バスの中ですると、とてもお得です」

などと説明を受けてバスに案内された。

強い冷房のきいた車内では、飲み水や街中の治安について話を聞いた。うとうとしているうちにバスは九龍《クーロン》近くへとやって来た。

交通量はかなり多いようで、人通りもあり、にぎやかだった。排ガスのせいか、街全体が空まで霞んでいる。不安と期待でどきどきする。緊張のせいか少し頭の芯が痺れていた。

ホテルのフロントに着いて、たどたどしい英語でチェックインを済ませると、カードキー片手にエレベーターに乗った私は深く息をついた。

二十階のフロアは静かだった。トランクを引きながら、部屋番号を探す。ごくシンプルな内装の室内に入っていき、白いベッドにそうっと寝転がった。

「あー！　緊張した、やっと着いた」

窓へと視線を向けると、高層階からは街が一望できた。縦長の角ばったビルが突き立った街は、まるでレゴブロックかなにかで出来ているようだった。

ホテルのＷｉ－Ｆｉに接続するためにスマホをいじりながら、夕飯は一人で済ませなければいけないことを考えたら、緊張が蘇ってきた。二泊三日の旅だから、五回はなんらかの方法で食事しなければならない。

目的地はマカオだけど、最終日にマカオから香港の空港までフェリーで戻ってこられる自信がないので、ホテルは香港のまま、中一日をマカオにあてる予定になっていた。

日が暮れてから外に出るのは不安なので、五時過ぎに夕飯に行くことにした。

自分とは微妙に顔つきの違うアジア人の溢れた街はひどく蒸していた。車のエンジン音が響き渡り、西日が空に滲んでいる。

ガイドブックに載っていたお店は一見あんまり清潔そうではなかったけれど、日本人も多く訪れるというので、ドアの前で行ったり来たりしてから、入った。

優しそうなお店のおばさんが、こちらが質問する間もなく日本語のメニューとお茶を持ってきてくれた。

コップのお茶は湯気がたっていた。注文を済ませてから、なにげなく手にして口をつけ、思わず顔をしかめた。まずい。まるで機械を煮出したような鉄の味がした。

心配になった私の前に、ごろごろとした海老ワンタン入りの麺の器が置かれた。仕方なく箸を取り、おそるおそる海老ワンタンを齧る。

その瞬間、ふわっとごま油の香る海老の美味しさにびっくりした。麺を啜りあげると、中華麺というよりは、固茹での博多ラーメンに近いぶちぶちとした食感が物珍しくて、どんどん食べた。

私はまたたどたどしい英語でさきほどのお店のおばさんを呼び、小銭はよく分からないからお札で会計を済ませて、お店を出た。

電飾のごちゃごちゃとした街を見渡しながら、ものすごく美味しい海老ワンタン麺とものすごくまずいお茶とのギャップに動揺していた。

「でも……できた」

日本ではろくに外にも出られなくて就活の面接にも行けずに叱られていた私が、外国で一人でご飯を食べられた。

はしゃいだ勢いでホテルのまわりをぐるぐる三周して、化粧品屋や服屋に入るのはまだ怖かったので、結局セブンイレブンで水と朝食のパンを買ってホテルに戻った。

シャワーを浴びたらやっぱり頭の芯が痺れて、喉も痛かった。

飛行機の冷房のせいかな、と思い、早めにベッドに潜り込んだ。


翌朝、ひどい鼻詰まりと頭痛で目が覚めた。

私は朦朧としたまま起き上がり、枕元のティッシュに手を伸ばした。かんでも、かんでも、詰まって息苦しい。子供の頃から季節の変わり目に患っていたアレルギー性鼻炎のひどいやつだと悟る。頬骨にもうっすらと痛みを覚えた。

Googleで検索してみたら、炎症がひどくなると顔面痛や頭痛を併発することもある、と知って愕然《がくぜん》とする。

顔いっぱいに不快感が広がると、一人で海外にいるという事実が心細さをともなって迫ってきた。

私は洟《はな》をかみながら、帰りたい、と半泣きになった。呼吸が苦しかったらマカオどころじゃない。

そのときメールが届いた。絵未からだった。

『旅は楽しめてる？』

女神からのメッセージを受信した気持ちで、私は泣き言を書き綴《つづ》った。つらい、体調悪くて、と打っていたら、高校で寮生活をしていたときの記憶が蘇った。寮の夕飯の味がいまいちだと冗談を言ったら、ここは東京じゃないから、と揶揄されて萎縮したこと。そんなときはいつも絵未にメールしていたこと。暗いベッドの中で、携帯電話だけが夜空に浮かぶ一等星のような光を放っていたことを。

絵未のメッセージが立て続けに届いて、我に返る。

『薬局に行って鼻炎の薬を買って。病院じゃなくても大丈夫だから。』

『そっちは日本ほど薬事法が厳しくないから、薬が強い分、すぐに効いてくれるはず。薬のアレルギーはない？』

たぶんない、ありがとう、と打ち返した私はTシャツの上にパーカーを羽織って、ホテルを飛び出した。

薬局で薬なんて分かるのかと思ったけど、パッケージの絵と漢字の雰囲気で、案外、簡単に見つけることができた。

部屋でパンをがさがさ食べてから、薬を鼻から吸引すると、一瞬で詰まりが解消されたので驚いた。

しばらくベッドで休むと、頭痛はまだ残っているものの、不快感はだいぶ和らいだ。

この旅に使った十万円が脳裏に浮かんだ私は、行こう、とベッドから起き上がった。

ショルダーバッグの中にスマホをしまいながら、絵未の恋人は幸せものだな、と思った。


離婚する半年前に、私と兄を家に残して、両親だけがマカオ旅行へ出かけたことがあった。

帰国後、母は家の食卓に写真を広げながら、マカオのホテルでカジノに挑戦した話をした。写真の中の母は、若い子が女友達の結婚式でしか着ないようなドレス姿だった。

その中に、重厚な教会の外壁の写真が、数枚交ざりこんでいた。

その壁をべつのアングルから撮影したものを見た私は、少し混乱した。

なぜか、外壁以外の建物全体が失われていたからだ。

じっと写真を眺めていたら、父が口を開いて、教えてくれた。

マカオはカジノのイメージが強いけれど、じつは世界遺産に登録されている建造物がたくさんあるのだと。この天主堂跡は火事で焼失してしまって今はこの壁しか残っていないけれど、それまでは東洋一美しい教会と呼ばれていたということも。

それからしばらくした頃に父が、付き合っている女性がいる、と言い出した。

母は激昂し、ただの会社員のくせして愛人を作るなんて何様だ、その女の名前を教えろ、と詰め寄った。それでも父はかたくなに彼女の名前を口にしようとはしなかった。どうせ弁護士や家庭裁判所が入れば最後には分かってしまうというのに。

深夜に泣きながら叫んだ母の言葉が今も耳に残っている。

「いいかげんに、その女の名前を言いなさいよ！」

父と母の離婚が決まったとき、私は本当は父についていきたかった。高校受験への不安を抱えながら、母の激しい感情を受け止めたり愚痴をきく余裕なんてなかった。落ち着いて勉強に集中できる環境が欲しかった。

そう言えば、受け入れてもらえると思っていた。

だけど父の愛人が拒否した。家庭を壊した張本人である私が、その家の娘の母親になるなんて到底できない、と。

そのときだ。初めて父とその愛人に憎しみが芽生えたのは。

彼らは私を侮っている。家庭が壊されたのか、もともと壊れかけていて決定打になっただけか、それくらいの区別は子供にだってつく。お見合いで結婚したとはいえ、父と母は私たちの目にも相性がいいようには見えなかった。

いつだったか父がぼそっと

「お母さんはもっと穏やかなひとだと思ってた」

とこぼしたことがあった。

たしかに外に出るときの母は別人のように大人しい印象があった。

宅配便の人が間違えて配達してしまった荷物を、となりの家の人が届けてくれたときなども
「まあ、わざわざ、すみません。こんなに重いものを。お手間だったでしょう。本当に、すみません」

と何度も申し訳なさそうに頭を下げていた。

それを聞いていた父が
「頭を下げるのは、一度でいいんだ。気を遣いすぎると、相手も負担になる」

と諭した。途端に母は感情的になって
「ご近所付き合いしなきゃいけないのは私なのに、どうしてそんなことも理解してくれないのよ！」

と怒鳴った。

もしかしたら結婚した後は、ずっと母の片思いだったのかもしれない、と考えることさえあった。

こうだと思ったものが、やっぱり違って上手くいかなくなることはある。私も寮生活

で嫌というほどそれを学んだから。

それでも「娘のくせに裏切者」と私まで責める母の元に置き去りにされて、さっさと自分たちだけ幸せになった父たちのことは今も全然許せていない。

だからマカオという地名は傷のように私の中に残っていた。子供を置いて夫婦だけで旅行までしたのはなんだったの、と。

家族が崩壊する直前に、両親が訪れた教会の壁をいつか見ることができたら、その答えが得られるかもしれないと、私はずっと心のどこかで思っていたのだ。


フェリーの窓の外へと視線を向けると、港が近付いていた。鼻詰まりと頭の鈍痛が復活しかけていたが、やる気を奮い立たせて立ち上がる。

フェリーを降りたものの、乗り継ぎのバスがまったく分からなかった。路線図も英語の表記だったらまだ覚えられるけれど、中国語だらけなのでかえって混乱した。

勘を頼りになんとか一台に乗り込むと、冷房のきいた車内からようやく落ち着いて街を見物した。

小さな半島とは思えないほどの交通量と、建物と、けぶる空気。雑居ビルの合間に現れる、金ぴかのど派手なホテルやカジノ。分かりやすくお金を纏《まと》った外観にくらくらする。

繁華街の真ん中で、私はバスを降りた。

正面壁だけの教会、という情報のみですぐに地図の中に目的地を見つけることができた。

地図とスマホを手に持ったまま坂道を上がっていくと、綺麗な広場に出た。

鮮やかな黄色い外壁の建物や灰色がかった教会のある広場、アジアというよりは西洋の風景を見ているようだった。こころなしか空気も爽やかに感じられた。

そのまま人が多いほうへ進むと、食べ物を店頭で買える店が増えてきて、点心やらお菓子やらビーフジャーキーみたいな干し肉やらの看板が並んでいた。

中国語や韓国語が飛び交い、誰もかれもがお土産物屋の紙袋をぶら下げて食べ歩きをしているので、竹下通りじゃん！　と私は心の中で突っ込んだ。

その中を一人黙々と突き進む。青空がひらけてきて、階段の上に、目的の建築物が佇《たたず》んでいた。

私は小声で、あったたっ、と呟いて足を速めた。胸が高鳴る。汗をかいてきたのでパーカーを脱ぐ。ひさしぶりに人目にさらす二の腕はちょっと太くて、照れ臭い。

中国人の家族連れと擦れ違ったら、身振り手振りで写真を頼まれたので、私は足を止めた。

返事するよりも先にカメラを渡され、仕方なくかまえる。チーズ、だったら通じない

と思って
「スリー、ツー、ワン」

と呼びかけると、ちゃんとポーズを取ってくれた。

カメラを戻したら、一番おじいちゃんぽい男性が
「ジャパニーズ？」

と訊いた。イエス、とイェー、の中間みたいな返事をすると
「You are so nice」

と言われたので、てっきり子供相手に誉めたような感じかと思いながら別れたけれど、ググってみたら、あなたはとても優しい、と言われたことが分かった。

海外旅行は十分に気をつけないと危ない、とずっと言われてきた。だけど日本だって女の子相手に乱暴にぶつかってくる男の人とか痴漢とかはたくさんいる。学校でも企業でもいじめやパワハラで追い詰めて殺すようなことだってある。日本人って日本人だけが信用できて優しいと思いすぎじゃないかなあ、と考えながら、自撮りと動画撮影に忙しい観光客たちを避けて階段を上がった先に、不似合いな風格と威厳に満ちた正面壁があった。

抜けた窓枠の向こうには、青空が見えていた。

振り返ると、階段の下には夏の海水浴場みたいに大勢の人が押し寄せていた。対照的

な眺めに気が遠くなる。母と父もかつてこの光景を目にしたことにも。

心もとなくなって息を吸ったら、鼻詰まりが治っていた。高いところに移動してきたので空気が澄んだようだ。

体が楽になるだけで、少し気が晴れる。こんなに単純な生き物だったことを、私はいつの間に忘れてしまっていたのだろう。

案内表示に従って、公園の中に入ってみた。見晴らしの良い場所にたどり着いた私は目を見張った。

青空の下にあったのは、何基もの砲台だった。およそ教会の近隣には似つかわしくない。

一基は街の中心にある金ぴかビルのほうを向いていた。弾は出ないと分かっていても、その光景には軽くぞっとした。月並みだけど、日本にいたときの自分がすごく他愛ないことを怖がっていた気がした。

マカオ全体を見渡すと、高級な建物だけではなく、今にも朽ちそうな住居も多かった。ここを訪れた両親の気持ちを想像する。父は楽しかったのだろうか。母は砲台や教会に興味なんて持ったのだろうか。

溢れかえった観光客を見下ろしているうちに、ふっと、気付いた。

たぶん楽しかったのだ。

二人ともばらばらの、ところで。

金ぴかのホテルとかカジノとか歴史ある世界遺産とか、ここには母と父が興味を持つものが雑多に詰まっている。もしかしたら父は愛人と別れて母とやり直すことも少しは考えていたのかもしれない。

だけど竹下通りのミーハーさと厳かな教会のアンバランスは、父と母の不一致こそを象徴しているかのようだった。

歩き続けたら、観光地から外れた裏通りに迷い込んだ。日が陰って涼しかった。骨董《こっとう》品屋《ひんや》の中で店主が煙草をふかしていた。

ぼろぼろの食堂の前を横切るときに、猛烈にお腹が空いていることに気付いた。中には女性客が一人、二人いたので、勇気を出して入店した。

適当に麺という漢字を指さすと、数分後、煮込んだ豚足がでんと載った麺が運ばれてきた。

箸では食べられないからと手づかみしたらべたべたになるし、骨を除《よ》けておくお皿もなくて困ったけど、甘くてぷりぷりした豚足はとても美味しかった。麺はやっぱり、あのぶちぶちと噛みごたえがあるやつだった。

戻るときにマカオの竹下通りで、兄と母と絵未にお土産を買った。

店を出たら、私も紙袋を手にした観光客になっていた。さっきまで自分は違うと思っていたことが気恥ずかしく、やっぱり私は母の子だと実感して苦笑した。

フェリー乗り場に戻って来ると、一番早いチケットが三時間半後だというので仰天した。

早く乗りたいなら高い席があるぞ、と言われたけれど、ノーサンキューと断って、そのへんのベンチで水を飲んだりお菓子を食べたりしていたら、どっと疲れが出た。

足もだるいし頭痛もぶりかえしたので、香港の強い薬を吸引してなんとか持たせながら、自分は十万円使って一体なにしてるんだろう、と嘆いた。

劇的な出会いがあったわけでもなく、結局、両親のことだって本当のところは分からない。

もしかしたらただ単にセックスが合わなかっただけかもしれないし、としようもない発想さえよぎった。

そんなふうに振り返っていたら、絵未からメールが届いた。

『明日は夕方着の便だっけ？　彼のお店に食事しに行こうと思うんだけど、一緒にどうかな。』

私は、行きたい、と即座に返信した。日本にだって片手で足りるほどしか話し相手はいないけれど、異国で一人きりよりはずっといい。

私はプレートを埋め込んだ鎖骨に手を添えて、友達を作ろう、なんでもいいから仕事も見つけよう、と思った。

帰りのフェリーの中でうとうとしていたら、絵未から

『良かった。黒田さんに伝えておくね。』

という返事があった。

茫漠《ぼうばく》としていた彼の像に、黒田、という名前がつくと急に鮮明になった。実際に合っているかはさておき、顔までうっすら浮かんでくるようだった。

父と愛人に傷つけられた心の一部は、十年以上経った今も癒えない。

それでも父は最後まで愛人の名前を口にはしなかった。もしかしたら、その具体性がなによりも私たちを決定的に傷つけることを、父は分かっていたのかもしれない。

駅の改札を出ると、スマホを見ていた絵未が顔を上げた。

その神々《こうごう》しい笑顔に、私はトランクを引っ張りながら駆け寄った。

「おかえり。どうだった？　初めての海外旅行は」

私は泣きそうになりながら笑って、答えた。

「色々、最悪だった」

「最悪？」

絵未が驚いたような声をあげた。私は頷いた。

「うん。だけど友達って本当に大事だと思えたから、良かった」

困惑した様子の絵末に、ありがとうね、と私はお礼を言った。

お店へと向かう最中もずっと彼女相手に喋っていた。日本語が懐かしく、東京のほうがまだあちらよりも空気の濃度が薄くて楽だと感じた。

だけどまばたきすると、蒸した香港の街に引き戻されていた。見知らぬ道を進んでいく自分の、長いこと眠らせていた生命力とともに。

絵末が戸を開けると、店の奥にいた男性がこちらを向いて
「あ、いらっしゃいませ」

と遠慮がちに言った。絵末は軽く会釈すると、一番奥の席に慣れたように座った。

私は出してもらったおしぼりを受け取りながら、お店の男性をあらためて正面からじっと見た。

料理を作る人だから清潔にしていて、若くはないけれど老け込んでいる印象もなかった。

鋭い切れ長の目が、気遣うように絵末に向いてから、こちらに引き戻された。

それだけで彼が絵末のことをどれだけ好きかが伝わった。

「絵末さんの、中学のときからのお友達ですよね」

と訊かれた。お友達、という響きが嬉しくて、私は

「はい」

と頷いた。彼もなんだか嬉しそうに口元で笑って、そうですか、と頷いた。

それから絵未に向かって
「あとで友永も来ますよ。なんでも今度、街コンっていうやつが、このへんで」

と言いかけたときに戸が開いた。

振り向くと、爽やかさと夜の空気を両方纏った男性が立っていた。皺のない黒シャツを着こなした姿に見惚れていたら、彼は私のとなりに腰掛けた。

「黒田、これ、刷り上がったばかりのチラシ」

とカウンター越しにチラシを渡された黒田さんは、うん、と頷いた。私が、街コン、と呟くと、黒田さんが素早くこちらにチラシを見せて
「ご興味あれば、ぜひ。同性のお知り合いと二人一組で参加できるそうですよ」

と真顔で勧めてきた。

「あ、でも、一緒に行く相手がいないので」

「じゃあ私が一緒に行こうか？」

と絵未がなにげなく言うと
「えっ？　や、ちょっと、ちょっと」

黒田さんが本気で焦ったように遮ったので、絵未と私は思わず噴き出した。

「飲み物なににしようか」

と絵未が尋ねるので、私はじっとメニューを見た。ビールとサワー以外はいまいち分からない。

「この、秋鹿《あきしか》って大阪のお酒なんですか？」

と目についたので気になって訊いた。黒田さんは、はい、と頷いた。

「辛口で旨みもあって、料理に合いますよ。友永もビールでも飲んでいく？」

そう訊かれて、となりの席の男性は頷くと
「日本酒がお好きなんですか？」

と質問してきた。私は慌てて首を横に振った。

「ほとんど飲んだことないです。ただ、私、高校が大阪だったんで。ちょっと懐かしいな、と思って」

友永さんはなぜか驚いたように、えっ、と言葉を詰まらせた。

「あの、ちなみに大阪のどちらですか？」

「えっと、大阪城の近くの女子校で」

と説明すると、彼は急に声を弾ませて
「ほんとですか？　僕、鶴見《つるみ》区の男子校だったんですよ。出身は静岡なんですけど、親の転勤で」

と言ったので、私もびっくりした。

「え!? 鶴見の男子校なら知ってます。一度、学校帰りに声かけられたから。うわあ、懐かしい」

「僕が通っていた頃には、近くにいつも上半身裸のおっちゃんがやってるたこ焼き屋があったんですけど。さすがにもう潰れたかな」

「あった! 私のときにもまだありました、トラ柄のパンツ穿いてるおっちゃんの店。でも意外と美味しい」

友永さんは声をあげて笑って、そうです、と相槌を打った。

英語のストレートな物言いが少しは身についたのか、この前までろくに他人と会話していなかったことが嘘のように言葉は溢れた。その間、絵未は穏やかな表情を浮かべて見守っていた。

ずっと自分は不幸なのだと思い込んでいた。

だけど、そんな不幸はぜんぶ昔に終わっていたことだった。

友永さんが壁を振り返って

「トランクは、どちらのお荷物ですか?」

と尋ねた。私は答えた。

「私のです。初めて海外にひとり旅に行ってきて」

友永さんが興味を持ったようだったので、私は語り始めた。最悪の一人旅のことを。愛の溢れた店内で。

文庫版あとがき

どうしてこんなに誰もがどこか苦しそうな話ばかり書いたのだろう、と本作を読み返して、不思議な気持ちになりました。

そして遡ってみれば、ほとんどの短編は、私自身が結婚後に出産してまだ間もない時期に書いたものでした。自由には家を出られないし、出てはいけない。でもそれは幸福なことでもあるから口にしてはいけない。そんな想いが無意識のうちに作品に反映されていたのだと気付きました。

なにげなく書いた台詞や描写の一つ一つも、かならず書き手の潜在意識と繫《つな》がっている。それは特にここ最近、小説を書いているときに頻繁に感じることでもあります。だから読者とは、作家にとって、最も純粋な観察者でもあるのだと思います。いい意味で書き手としての緊張感を保てるのは、その真実があるからに他ならないことを実感しています。

それにしても二〇二一年の時点で読み返してみると、今ならこう書かなかった、という表現が多くてびっくりしました。

この数年の、特に男女の性差に対する認識の急激な変化には、あらためて驚かされます。それは大部分において歓迎すべきことで――同時に、書き手としてはかならず作品は古くなるという宿命を自覚させられる流れでもありました。

その宿命を知りながら、それでも褪《あ》せることのない言葉と物語を今のために模索し続けることが作家の仕事なのだ、と感じています。

どこか歪な短編集ですが、読んだ方の中に、なにかしら引っかかって残るものがあれば幸いです。

本作が文庫になったことで、私自身も、長い緊張感の中にいた時期に一区切りつけられたように感じています。


感謝を込めて。

二〇二一年九月三十日　島本理生

解説

三浦天紗子

数えてみたら、島本理生は二〇二一年の今年、デビュー二十周年になる。島本が、女子高校生のまっすぐな恋情と、求め合ってもすれ違っていくさまを描いた「シルエット」で群像新人文学賞 優秀作を受賞したのは、二〇〇一年。弱冠十七歳のときだ。同作は書籍化され、以来、読者の心を揺さぶる作品を生み続けている。

だが、初めて作品が商業誌に掲載されたのは一九九八年。かつてマガジンハウスが発行していた文芸誌『鳩《はと》よ!』の「鳩よ!掌編小説コンクール第二期」十月度で、島本の「ヨル」(角川文庫『シルエット』に所収)は同年の年間MVPを獲得している。そこから数えると、直木賞を取った年が、二十周年ということになるのだろうか……。どちらにしても、彼女の小説はますます円熟味を帯びてきた、と感じている。

そんな島本の作品は、まず、タイトルですらとても小説的だと思う。

たとえば、彼女を一躍人気作家に押し上げた『ナラタージュ』。ナラタージュとは、いわゆる回想形式の映画用語であると、かつて調べて知った。あまりなじみのある言葉ではないからこそ、その美しい響きは脳裏に刻まれ、過去として語られる一生に一度の恋物語はいっそう印象深くなる。

ヒリヒリと切なくて、島本的恋愛小説の中でも屈指の傑作『あられもない祈り』もその語感に痺《しび》れる。祈りとはひっそりとした、むしろ秘められたもののように思うのに、真逆の〈あられもない〉という修辞を組み合わせることで、押し殺しておけないほどの激情を感じさせる。そのセンスのよさに舌を巻く。

女性小説家の主人公と彼女を翻弄する男性編集者を軸にした連作集『夏の裁断』や、娘が父親を殺した事件の深層を描いて直木賞に輝いた『ファーストラヴ』などは、言葉自体はシンプルだ。しかし本当は何通りもの思いを収斂《しゅうれん》させて選んだのだと読後に噛《か》みしめることになり、陶然とする。

恋人から、家族から、身体的に、言葉によって……さまざまな形の暴力を背景に使い男女の関係を描いた、『大きな熊が来る前に、おやすみ』や『あなたの呼吸が止まるまで』は、それ自体がたった一文で書かれた小説のようだ。語りかけになっている意味深なフレーズの向こうにはどんな世界があるのかと、想像してしまう。

本書『あなたの愛人の名前は』も、そんなふうに、これから語られる物語を前のめりに知りたくなるタイトルだ。収められている六つの短編は、どれも語り手が違う。迷いの渦中にいる自分を受容してくれる存在を、否《いや》が応でも求めてしまう人間というものの弱さ、切実さを、複数の視点によって、あぶり出している。

「足跡」の語り手は、〈同じ団地のおとなり同士だった〉幼なじみと結婚した石田千尋だ。女子大のときからの友人、澤井に〈旦那さん以外に抱かれたいと思ったことはないの?〉と訊《き》かれ、即座に〈ない〉と答えたけれど、飲み込んだココアの溶け残ったどろりとした感触が、千尋の心の奥に何か飲み込めないものがあることを暗示する。紹介制だと言われて澤井から受け取った連絡先は、既婚者専用の〈治療院〉のもの。それまで冒険などしたこともなかっただろう千尋は、初めて流されるように足を踏み入れ、治療院を営む真白健二と、夫には打ち明けられないような関係を持つ。

真白との会話の中で、千尋が口にする印象的な言葉がある。〈どうして自分がここに来たのかも、正直、分からないんです。ただ、今まで生きてきて、なにかがずっと足りない気がしてた〉。だが千尋自身には、満たされないものが何なのかもわからないのだ。その宙ぶらりんの心と身体を、真白は何の感情もはさまずに受け止める。それが千尋にとってひととき安らげる場所になる。夫との暮らしは穏やかだが、セックスは間遠だ。後輩の結婚式のスピーチの打ち合わせだと出かけた夫がその後輩の女の子と談笑しているのをファミレスの窓越しに見かけて、千尋の気持ちは凍りつく。〈毎晩、食卓を挟んで親友のように会話する私たちと、彼らとの間には、どれほどの差があるというのだろう〉と、夫婦とそれ以外の睦《むつ》まじさが本気で区別できない。とっさに真白に連絡して治療院に向かうが、雪の上にできたばかりの先客の足跡がくっきりあるのを見つけて引き返す。しかしラストでは、千尋が土にヒールをめり込ませても足跡はできなかったという描写がある。ちなみに、彼女の胸元には大きな傷跡があって、その心臓の手術跡を、夫は気にしていないらしかった。残る跡、残らない跡。意識するか、しないか。それが何かを分けることがあるのかもしれないと思う。

千尋が病院のロビーで少し言葉を交わしただけの赤ん坊を抱いた女性は、二話目の「蛇猫奇譚《きたん》」で主要人物になる。六編の中ではこれだけがやや異色で、〈ハルちゃん〉こと春が、三年前に路上で瀕死《ひんし》だったところを拾い、とても可愛《かわい》がっていた猫〈チータ〉の視点で描かれる。ハルちゃんは妊娠、出産という変化を経て、チータに突然冷たくなった。彼女が母親といびつな関係にあったことが匂わされ、それゆえに自分は愛情深い母であらねばと自縄自縛している。〈二つ同時には愛せないの〉も、母の呪《のろ》いだったのかも知れない。チータは、そんな苦しみの実情はわからなくても、大好きなハルちゃんのそばにいて必死に慰めようとする。いつも受け止めてくれていたのは猫だったという気づき。〈私、お母さんみたいにはならない。チータに約束する〉というささやかな誓いに、一条の光を感じる。

三話目の「あなたは知らない」と四話目の「俺だけが知らない」は対になった二編だ。「あなたは～」では、結婚間近の婚約者がいるのに、浮気相手の浅野との関係をずるずると続けている瞳が語り、「俺だけが〜」では、その関係を浅野が語っていく。

瞳は、〈浅野さん〉が求めているのは妻や恋人のような形のある出会いではないのは承知だ。わかっていて身体を重ね、〈情が生まれてしまうやつだ〉と察した。だから、友だちから〈付き合ってるんじゃないの?〉と聞かれても〈付き合うっていうのは好き同士ですることでしょう〉とはぐらかす。だが、瞳は知っているのだ。自分がいちばんしてほしいことを、浅野がしてくれていることを。〈浅野さんは言葉にはしなくても、ちゃんと見てる人だと思う〉から、安定しない関係であっても安心できる相手だということを。ホテルからの朝帰りに見た白い薔薇《ばら》の花、近江神社の鳥居、旅先で見上げた月……、ふたりで見た忘れられない光景が増えていく。

浅野から見れば、きっかけは他愛《たわい》ない。〈暇つぶしのつもり〉で二人組に声をかけたら、結果として〈迷いもなく俺の手を握ってきたのは奥手そうなほう〉とつながってしまった。〈瞳さんとは、恋でもなければ愛でもない。それは自覚があって、そういうものを自分が求めていないことだけは分かる〉と、ほかの男もいるらしい瞳との関係は楽だと考えている。それでも彼らは、好きという言葉を避ける代わりに〈できることはもうこれだけしかない、とでも言うように〉肌を重ね続ける。

それぞれが自分の中に溜《た》まっていく熱量を意識しながら、それぞれが踏むアクセルとブレーキはあまりにもタイミングがズレている。とはいえ、胸を張れない関係であっても、誰かにわかってほしい、わかってくれるのはこの人だけではないのかと自分を預けたくなる気持ちを、誰が否定できるだろう。

一方で、ふたりの心情だけでなく、彼らと家族との関係にも触れられていて、心が疼《うず》く。瞳の母は、娘の結婚を手放しで喜ぶが、〈今時、珍しいくらい男らしいタイプ〉〈そういう人が瞳には合ってる〉という母の言葉にこそ、娘への無理解がにじむ。夫となる耕史も同様だ。瞳はショーウィンドウなどの展示に作品を頼まれるほど切り絵がうまいのだが、それを〈いい趣味だよね〉と切り捨てる。瞳と元カノとを明るい顔で同席させる。浅野は浅野で、両親は離婚しており、妹の藍の問題は頭痛のタネだ。兄妹《きようだい》仲は悪くないが、独善的な母親が絡むと、疲れがどっと出る。

島本は繊細な心理描写で恋愛小説を紡ぐ作家と思われているが、その背景には必ずと言っていいほどこうした家族の問題や男女間の暴力、あるいは支配／被支配の構造を敷いている。主人公たちはそうした過去で傷つき、寄る辺ない自分を持て余していることが多いが、父や母のふるまいや関係性がどんなふうに人生に影響していくかを、そうした不安定な家族関係によって傷つけられた人間が別の誰かを傷つけてしまう負のスパイラルを、むしろ取りこぼさずに描く。

それは、五話目の「氷の夜に」や表題作の「あなたの愛人の名前は」でもだ。「氷の〜」では、割烹《かつぽう》を開いている黒田という料理人が視点人物を務める。彼と中学校教師をしている女性客との、カウンター越しのやりとりが微笑《ほほえ》ましい。後日、その女性客の名前が絵未だとわかる場面があるが、同時に、彼女が幼いころに味わった苦痛を黒田は知ることになる。「あなたの愛人の～」の語り手は藍だ。兄からもらったお金で初めての海外旅行に行き、曰《いわ》くつきの場所だったマカオで生まれ変わる。ここで「氷の～」で登場した人物が再登場し、爽やかな読後感を残す。

六編とも、最後には主人公の決意がある。それがどんな選択であっても、もしかすると後悔するものであっても、臆病だった彼女たちが踏み出す姿にエールを送りたくなる物語になっている。

島本は過去のインタビューで、特に発表する場も決めていない短編を時間があるときに書いておくことがあると語っていた。今回も、そんなふうにストックしていた何編かを元に書き進めたものらしい。ならば、この続きが生まれたりすることもあるのだろうか。千尋や瞳や絵未、藍は、いま何をしているのだろう。浅野や耕史は生き方を変えただろうか。何より、物語をうっすらとつなげていた、つかみどころのない澤井はどうなったのだろう。いつか島本が本書のその後をあてどなく書き始め、読ませてくれるのを期待している。

（みうら・あさこ　ライター、ブックカウンセラー）

本書は、二〇一八年十二月、集英社より刊行されました。

初出「小説すばる」
「足跡」二〇一七年四月号
「蛇猫奇譚」二〇一七年二月号
「あなたは知らない」二〇一七年六月号
「俺だけが知らない」二〇一七年十一月号
「氷の夜に」二〇一八年四月号
「あなたの愛人の名前は」二〇一八年八月号

JASRAC 出 2109728-101

参考文献
『ペルシャ』新井熙子　誠文堂新光社
短歌（一五一ページ）
『結婚失格』枡野浩一　講談社文庫

集英社文庫

あなたの愛人《あいじん》の名前《なまえ》は

2021年12月25日　第1刷　　定価はカバーに表示してあります。

著　者　島本理生《しまもとりお》

発行者　徳永　真

発行所　株式会社　集英社

東京都千代田区一ツ橋2-5-10　〒101-8050

電話　【編集部】03-3230-6095

【読者係】03-3230-6080

【販売部】03-3230-6393(書店専用)

印　刷　凸版印刷株式会社

製　本　加藤製本株式会社

フォーマットデザイン　アリヤマデザインストア　　マークデザイン　居山浩二

ISBN978-4-08-744330-1 C0193